Marion Schwarz
Halbtags im Verkauf
Erlebnisse einer Heidelbergerin

 Marion Schwarz wurde 1945 in
Heidelberg geboren. Ihr Leben
ist von einem rasanten Wechsel
der Lebensumstände mit vielen
Höhen und Tiefen geprägt. Mit
17 Jahren ist sie bereits Ehefrau
und Mutter und jobbt nebenbei
als Verkäuferin, Kontoristin, Dekorateurin und in
der Gastronomie. Nach einem Studium an der Päda-
gogischen Hochschule in Heidelberg arbeitet sie in
verschiedenen Bundesländern als Lehrerin.
Mit 62 Jahren, im Vorruhestand, findet sie endlich
Zeit, ihre vielfältigen Eindrücke schriftlich festzu-
halten.

Bereits erschienen:
*Würgerspeise und Lackschuhe- Kindheitserlebnisse
einer Heidelbergerin (2009)*
Oh Baby – Halbstark in Heidelberg (2012)

Titelgestaltung: Marion Meierhöfer, Fürth i. Odw.
unter Verwendung von Fotos (Schaufensterpuppen
1958) aus dem Privatbesitz der Autorin
Satz: Alexander Gloß, Dr. Christine Meierhöfer, Lorsch
© Marion Meierhöfer 2014

Herstellung und Verlag
BoD – Books on Demand, Norderstedt
ISBN 978-3-7322-9962-1

Marion Schwarz

Halbtags im Verkauf

Erlebnisse einer Heidelbergerin

Gewidmet Frau C. Latocha
in Verehrung und Dankbarkeit

Alles, was uns begegnet,
lässt Spuren zurück, …

Johann Wolfgang von Goethe

Vorwort

Wenn ich in die Damenabteilung eines Konfektionshauses oder in eine Boutique gehe, um nach etwas Anziehbarem Ausschau zu halten, kommt es höchstens in guten, auf Tradition Wert legenden Häusern vor, dass ich von geschultem Verkaufspersonal zu meiner vollsten Zufriedenheit beraten und betreut werde. Auf jeden Fall ist dort der Kunde noch König. Aber zumeist findet in großen Verkaufshäusern Kosten sparende Selbstbedienung statt, bei der man sich zunächst im unübersichtlichen Riesenangebot umschaut, die gewünschten Artikel zusammensucht und mit bitte nicht mehr als drei Teilen vor den stark frequentierten Ankleidekabinen ansteht. Hier überwacht manchmal noch eine mehr oder weniger freundliche Angestellte den ordnungsgemäßen Ablauf, bemüht sich, das Unternehmen vor Diebstahl zu bewahren. Am Verkauf ist sie nicht interessiert. Auf weiteres Personal trifft man erst wieder an der Kasse. Die wenigen Arbeitskräfte, die in diesen Handelsketten zumeist auf 400 € Basis Beschäftigung finden, sind hauptsächlich mit der Ware beschäftigt. Für die Kundschaft bleibt ihnen kaum Zeit. Unermüdlich schleppen sie Anlieferungen heran, räumen ein, sortieren aus, korrigieren falsch Platziertes, hasten weiter. Manchmal treffen sie auf Kollegen, dann bleiben sie stehen, halten ein Schwätzchen, wirken für einen Moment gelöst. So oder so, als Kunde fällt es einem schwer, sie Hilfe suchend anzusprechen. Ich versetze mich in ihre

Lage, versuche in ihrer Mimik Aufschluss über ihre Alltagsbewältigung zu finden. Unwillkürlich denke ich dann jedes Mal an die Zeit zurück, in der ich selbst als Verkäuferin tätig war.

In der Nachkriegszeit füllten weibliche Arbeitskräfte in der Berufswelt zunächst hauptsächlich die Lücken, die der Krieg mit seinen vielen gefallenen Soldaten gerissen hatte. War eine Frau verheiratet, hatte das Glück nicht verwitwet zu sein und von ihrem Ernährer versorgt zu werden, empfand der Ehemann im Allgemeinen eine Berufstätigkeit seiner Gattin als geradezu entwürdigend. Anders als in der DDR verstand die vorwiegend christdemokratische Gesellschaft der BRD die Rolle der Ehefrau als dem Manne untertan, als Mutter und Hausfrau.

Mit Beginn des Wirtschaftswunders begann sich in der Bundesrepublik Deutschland dieses Rollenververständnis zu wandeln. Durch technische Verbesserungen im Haushalt erleichterte sich der Arbeitsalltag für die Hausfrau. Der Konsumanspruch in der Familie stieg mit dem immer größer werdenden Warenangebot. In breiten Schichten der Bevölkerung konnte aber das Familienoberhaupt als Alleinverdiener die Kosten dieser modernen Entwicklung nicht erwirtschaften. Viele Ehefrauen boten deshalb an, als Ganz- oder Halbtagskraft mit einem Zusatzverdienst die Haushaltskasse aufzubessern. Erst mit dem Einverständnis und der Erlaubnis des Ehemannes durfte die Ehefrau dann berufstätig sein.

Im Schmuckgeschäft

1.

Mein Mann sah bald ein, dass ich Geld dazuverdienen musste, damit wir uns die Annehmlichkeiten einer komfortablen Mietwohnung mit der üblichen Grundausstattung und ein Auto leisten konnten.

Unser Kind war nachmittags im Kindergarten untergebracht, so dass ich einige Stunden am Tag Zeit hatte, arbeiten zu gehen.

Gelernt hatte ich nichts. Nach der Schulzeit hatte ich gleich geheiratet, ein Kind geboren und war meinen häuslichen Pflichten nachgekommen. Welche Arbeit kam also für mich in Frage?

Mein Beschützer erlaubte mir nicht jede Tätigkeit. Als Arbeiterin am Fließband, Putzfrau oder Bedienung war ich ihm zu schade. Vielleicht könnte ich in einem Büro unterkommen oder in einem gepflegten kleinen Geschäft als Verkäuferin. Auf jeden Fall wäre ich dann auch nicht so sehr in der Öffentlichkeit, dass er sich im Bekanntenkreis hätte schämen müssen. Schlimm genug, dass er seine Frau arbeiten schicken musste.

Auf ein Inserat hin in der *Rhein-Neckar-Zeitung*:

Suchen Verkäuferin
für nachmittags …
Granat-Modeschmuck

bat ich telefonisch darum, mich vorstellen zu dürfen. In einem schicken Kostümchen und hochhackigen Pumps mit passender Tasche trat ich bald darauf dem Chef selbstbewusst gegenüber. Sorgfältig hatte ich die Fingernägel mit Perlmutt lackiert und die Augen mit schwarzem Lidstrich und dick getuschten Wimpern zur Geltung gebracht. Das lange dunkle Haar mit gelockten Spitzen fiel frisch gewaschen über die Schultern und eine Duftwolke französischen Parfums schwebte um mich, als ich vor seinem großen, wuchtigen Schreibtisch auf einem angebotenen einfachen Holzstuhl Platz nahm.

Ein kurzes Gespräch. Ich bekam die Stelle. Handschlag. Gleich morgen könne ich anfangen. Arbeitszeit von halb zwei bis halb sieben, samstags von neun bis zwei. Glücklich stolzierte ich an zwei mir nachschauenden Damen vorbei durch den Verkaufsraum zur Ladentür. „Bis morgen", rief ich ihnen fröhlich zu und fuhr, noch ganz erfüllt von meinem Erfolg, mit der Straßenbahn nach Hause.

„Was zahlen die denn?", interessierte sich mein Mann.
„Zwei Mark zehn die Stunde."
„Das ist ja nicht gerade viel."

„Besser als gar nichts."

2.

Am nächsten Tag stand ich Punkt 13.30 Uhr vor meinem Chef und erwartete Anweisungen, was ich zu tun hätte. Er war ein großer, sehr schlanker älterer Herr mit grauem, schütterem Haar. Anzug und Weste waren aus feinem dunkelgrauen Tuch. Sein Händedruck war eher flüchtig, als wolle er sich einer Berührung mit mir entziehen. Verlegen lächelnd sah er auf seine Armbanduhr und dann an mir vorbei:

„Um pünktlich mit Ihrer Arbeit anfangen zu können, müssen Sie in Zukunft mindestens zehn Minuten eher da sein."

Zwischen seinem Büro und dem Laden war ein winziger Flur. Er deutete auf einen Garderobenhaken und ein Ablagebrett:

„Hier können Sie ihre Sachen unterbringen."

Danach schob er den schweren Samtvorhang zum Verkaufsraum zur Seite. Das Geschäft war nicht groß. Ein schmaler, rechteckiger Raum, durch den sich längs eine Bedienungstheke zog. Dahinter Regale und Glasvitrinen auf hölzernen Schubladenelementen. Hinter der Theke stand auf einem durchgehenden Holzpodest eine Verkäuferin. Sie polierte gerade Silberringe.

„Frau Lange, darf ich Ihnen Ihre neue Kollegin, Frau Brenner, vorstellen? Sie wird immer nachmittags hier sein. Zeigen Sie ihr bitte alles."

Ohne ein weiteres Wort verschwand er wieder in sein Büro, dessen Tür er jedoch weit offen stehen ließ, als wolle er die Kontrolle über sämtliche Vorkommnisse im Verkaufsraum behalten.

„Willkommen, Frau Brenner, alles halb so wild", flüsterte mir Frau Lange zu, während sie mir die Hand reichte. Wir unterhielten uns leise. Es war uns bewusst, der Chef konnte mithören. Kaum wusste ich, welche Ware in welcher Schublade untergebracht war, öffnete sich die Ladentür und eine Kundin betrat den Raum. Meine Kollegin übernahm das Bedienen.

„May I help you?", fragte sie die kleine ältere Dame mit spitzem Mausgesicht unter einem rosafarbenen turbanähnlichen Hütchen aus glänzendem Satin. Wieso sprach Frau Lange Englisch? Die Kundin trat an die Verkaufstheke. Ihr magerer Hals schob sich gleich dem eines staksenden Stelzvogels mehrere Zentimeter aus dem umgelegten Seidenschal. Sie blickte durch eine flügelförmige Brille neugierig auf die unter Glas sichtbaren Schmuckstücke vor ihr. Dabei stützte sie sich mit den Ellenbogen auf die Vitrine, zog mit gespreizten Fingern an den Kuppen ihrer hellblauen Stoffhandschuhe. Zarte, gepflegte Hände beeindruckten mit grell lila lackierten, langen, krallenartigen Fingernägeln. Gleich mehrere goldene Armreifen klapperten auf der Theke, als sie die ausgezogenen Handschuhe sorgfältig glatt strich und übereinander vor sich legte. Ein kariertes Wollkostüm war unter der grauen, durchsichtigen Regenhaut zu erahnen.

Raschelnd rieb sich das Gewebe am Thekenholz. Die Wadenmuskeln angespannt und auf Zehenspitzen in hochhackigen geschlossenen Pumps stehend präsentierten sich makellos rasierte Beine in so hauchfeinen, faltenfrei sitzenden Nylons, dass man meinen konnte, die Dame sei strumpflos.

Nun war mir auch klar, dass es sich hier nur um eine Amerikanerin oder Engländerin handeln konnte. Deutsche Frauenbeine waren behaart.

Frau Lange lächelte unentwegt und wartete geduldig auf eine Antwort.

„Do you have Rhinestones?", fragte die Dame in merkwürdigem Singsang, das -st- wie eine Norddeutsche spitz aussprechend und betontem -o-, lang gezogen und schließlich zum -u- verformt.

Voller Eifer bemühte sich meine Kollegin um die Zufriedenheit der Ausländerin, zeigte alle vorhandenen Schmuckstücke aus dieser glitzernden, die Augen schier blendenden, aufwendig geschliffenen Edelsteinimitation aus Glas.

Die Dame entschied sich schließlich für ein Collier und eine Brosche. Beim Bezahlen kam sie mit dem deutschen Geld gar nicht zurecht. Ungeduldig stülpte sie den Inhalt ihrer Geldbörse vor uns aus. Gewissenhaft zählte Frau Lange den Verkaufsbetrag ab. Die Kundin verstaute die restlichen Geldscheine. Das viele Kleingeld jedoch war ihr lästig und sie schob es fast verächtlich der sie Bedienenden zu.

„That's for you."

„Thank you very much!", bedankte sich verbeugend meine Kollegin und stürzte zur Tür, um sie der Kundin aufzuhalten.

„Have a nice day", zwitscherte sie, als die Dame an ihr vorbei hinaustippelte.

„Strass geht immer bei den Amis", erklärte sie mir, nachdem sie die Ladentür wieder geschlossen hatte, voller Genugtuung über ihren Verkaufserfolg.

„Sie sprechen aber sehr gut Englisch", bewunderte ich sie und half ihr die übereinander getürmten Schieber wieder einzusortieren.

„Das lernt man mit der Zeit", sagte sie bescheiden.

Ich werde ihr in Zukunft bei ausländischer Kundschaft den Vortritt lassen und gut zuhören, nahm ich mir vor. Mit meinem bisschen Schulenglisch konnte ich ihr nicht das Wasser reichen.

Und schon öffnete sich die Tür wieder und gleich darauf wieder und wieder. Der Verkaufsraum füllte sich im Nu.

„Was darf es sein?" „Was kann ich für Sie tun?" „Möchten Sie bitte hier schauen?" „Einen Augenblick bitte." „Selbstverständlich, ich bin gleich für Sie da."

„Gnädige Frau, kann ich Ihnen behilflich sein?", mischte sich mein Chef unterstützend ein. Lautlos und von mir unbemerkt hatte er den Verkaufsraum betreten. Unheimlich, wie eine Geistererscheinung, wirkte dieser sich unnahbar gebende, distinguierte Herr auf mich. Ihm war nicht verborgen geblieben, dass wir alle Hände voll zu tun hatten und nicht in der Lage waren zu zweit den plötzlichen Ansturm der Kundschaft Kasse füllend zu bewältigen. Magisch angezogen von der eleganten Besonnenheit und Würde, die er ausstrahlte, trat eine gewisse Ruhe ein. Vertrauensvoll warteten die Damen auf seine Beratung, die Kompetenz und Geschmack versprach. Selbst Frau Lange, eine erfahrene Fachverkäuferin, wirkte neben ihm trotz ihrer Gepflegtheit und Freundlichkeit wie seine Handlangerin.

„Holen Sie mir bitte den Granatschmuck aus der neu eingetroffenen Kollektion!"

Willig und widerspruchslos befolgte sie seine Anweisung. Dabei hatte sie ihre eigene Kundin zu bedienen.

„Entschuldigen Sie mich bitte für einen Moment!", bat sie leise um Verständnis und huschte schnell ins Büro. Neben den Inhabern des Ladens hatte auch sie Zugang zum Safe.

Ich verkaufte währenddessen zwei Holzketten mit passenden Ohrclips und nahm eine gerissene Perlenkette zur Reparatur entgegen.

Wie im Flug verging die Arbeitszeit. Kurz vor Ladenschluss begannen wir mit der Sicherung der Ware. Alle Schieber mit echtem Schmuck wurden weggeschlossen.

Dreißig Minuten nach Ladenschluss machte ich mich auf den Heimweg. Erst als ich aus der Straßenbahn ausstieg und noch einen zehn Minuten langen Fußweg vor mir hatte, merkte ich meine

Erschöpftheit. Noch nie war ich fünf Stunden lang, ohne mich nur einmal wenigstens kurz hinsetzen zu können, ununterbrochen auf den Beinen gewesen. Mein Oberkörper lastete so schwer auf meinen Beinen, dass ich nur noch sie fühlte. Beine, nur noch Beine, als schöben sie sich durch meinen Körper zu den Schulterblättern hinaus. Und wie entsetzlich drückten auf einmal die Schuhe, diese schicke spitz zulaufende, Zehen einzwängende, hochhackige, italienische Lederware. Wie hielt das Frau Lange bloß aus? Täglich acht Stunden. Na gut, sie hatte eine Stunde Mittagspause. Alles Gewohnheit, sehe ich sie mich anlächeln. Sie trug zur Arbeit flache Schuhe.

„Maammmaa!", stürzte mir zu Hause meine dreijährige Tochter in die Arme und mein Mann fragte, wann es endlich etwas zu essen gäbe, schließlich hätte er den ganzen Tag hart gearbeitet.

3.

In den folgenden Wochen gewöhnte ich mich ein. Schon bald verflog meine Unsicherheit im Umgang mit Ware und Kundschaft. Die anfangs nächtlichen Albträume, in denen ich schier nicht zu überwindende, kilometerlange Stränge von Ketten durch meine Hände gleiten ließ und steile Berge von zu putzendem Silberschmuck sich vor mir auftürmten, hörten mit zunehmender Sicherheit in meiner Tätigkeit im Schmuckladen wieder auf. Es war, wie meine Kollegin es prophezeit hatte: Alles wurde Routine.

Frau Lange war mir ein Vorbild in Arbeitshaltung und Auftreten. Ich lernte von ihr, dass man als Verkäuferin auch ohne Kundschaft ständig im Arbeitseinsatz zu sein hatte. Sie machte mir vor, dass es Regale gab, die abzustauben waren, Glasflächen keine Fingerabdrücke aufweisen durften, Dekoriertes oft auszuwechseln war und alle Schubladen aufgeräumt sein mussten. Ware auspacken, etikettieren, sortieren, ein- und umräumen, ordnen, sichern, ausbessern, säubern, polieren, reparieren. Viele, viele Handgriffe waren nötig, bevor der Schmuck besonders vorteilhaft zum Verkauf dargeboten werden konnte.

Neben einer solch fleißigen Kollegin musste man einfach tatkräftig mithelfen. Wie schäbig wäre man sich sonst vorgekommen? Wie geduldig diese Frau war! Wie gewissenhaft und verantwortungsvoll! Und immer freundlich, rücksichtsvoll, sanft und zurückhaltend.

„Ach, ich arbeite schon lange hier", bekannte sie seufzend und drückte die Ringe dabei fester in die Vertiefungen des Samttabletts. Ihr hellblondes, fast weiß gefärbtes, halblanges Haar, das, durch einen Mittelscheitel geteilt, mit einer gefönten Innenrolle fast die Schultern berührte, wippte rechts und links der Wangen entlang und verdeckte ihr Profil. Mit dem Zeigefinger der linken Hand schob sie eine Haarsträhne hinter das Ohr. An ihrer Hand leuchtete für einen kurzen Augenblick ein schmaler goldener Ring auf.

„Ja, ich bin verlobt", bestätigte sie und lächelte anders als sonst. Mir schien es eher wehmütig.

Einige Monate arbeitete ich schon hier.

Eine zusätzliche Kollegin war als Ganztagskraft eingestellt worden. Nun standen wir zeitweise zu dritt im Laden.

Frau Bauer wirkte, vielleicht auch wegen des Nickituchs, das sie mit Vorliebe zu einem dunkelblauen Kostüm um den Hals trug, wie eine Stewardess der Lufthansa: schlank, groß und sportlich. Sie war verheiratet und Mutter von zwei Kindern. Eine sehr tüchtige Frau vom Fach, kollegial und sich für keine Arbeit zu schade. Nur, wenn sie von der Pause kam, wirkte sie äußerst abgehetzt und musste sich jedes Mal erst die verschwitzte Nase überpudern, bevor sie sich zu uns gesellte. Und wenn sich abends der Dienstschluss näherte, räumte sie in hektischen Bewegungen schneller als wir auf und beeilte sich wie eine Getriebene als Erste das Geschäft zu verlassen. Dem Chef gegenüber war sie fast unterwürfig.

Was hatten meine Kolleginnen nur? Wovor hatten sie Angst?

4.

Inzwischen war es Sommer und Schwärme von Touristen zogen durch Heidelbergs Hauptstraße. Das belebte das Geschäft! Mit Englisch konnten wir uns fast mit allen Nationalitäten verständigen. Nur die Gäste aus Frankreich waren schwer zu bedienen. Im Allgemeinen beharrten sie auf ihre Muttersprache.

Was wären wir da ohne Frau Lange gewesen. Sie sprach fließend Französisch. Ihr sonst blasses Gesicht fing an rosa zu glühen. Aus ihrem großen Mund sprudelten die französischen Worte mit einer verblüffenden Leichtigkeit. Mit aufgeworfenen Lippen betonte sie in perfekter Aussprache die einzelnen Worte und stieß dabei das -t-, -p- und -k- so stark hervor, dass man befürchtete, sie spucke auf die Theke.

„Ich liebe Frankreich!", schwärmte sie, nachdem im Laden keine Kundschaft mehr war. Entgegen ihrer sonstigen Gewohnheit, Privates aus dem Geschäft zu verbannen, vertraute sie uns an, dass sie mit einem Franzosen verlobt sei und ein Kind von ihm erwarte. Lange schon hatte sie sich ein Kind gewünscht, aber er sei verheiratet. Jahrelang sei sie mit ihm zusammen, im Urlaub und manchmal am Wochenende. Jetzt endlich wolle er sich scheiden lassen. Er freue sich so sehr auf das Baby.

„Oh, ich bin so glücklich!", strahlte sie.

Von da an fühlten wir mit Frau Lange im Auf- und Ab ihrer Beziehung, während die Schwangerschaft immer sichtbarer wurde.

Sie war eine moderne Frau. Mit ihren fast vierzig Jahren schämte sie sich nicht, unverheiratet ein Kind zu bekommen. Sie war erfüllt von der Tatsache Mutter zu werden. Immer wieder legte sie überprüfend die Hände an ihren Bauch. Natürlich war sie nicht gerade froh, wenn der Vater sie doch nicht besuchen konnte, es mit der Scheidung nicht so recht vorwärts ging.

In ihrer Mittagspause rannte sie manchmal zum Telefonhäuschen auf dem Universitätsplatz. Fast fröhlich kam sie zurück. Sie hatte seine Stimme gehört. Nächsten Samstag käme er bestimmt.

Wie blühte sie auf, wenn sie wusste, dass sie ihn bald treffen würde. Besonders schön hatte sie sich dann zurechtgemacht. Hellblauer Lidschatten ließ ihre Augen strahlen. Er würde sie von der Arbeit abholen. Immer wieder schaute sie auf ihre Uhr und dann zur Tür.

„Tschüüüß!", rief sie singend, griff nach ihrer schon bereitgelegten Handtasche und ihrem beigefarbenen Trenchcoat und beeilte sich aus dem Laden zu kommen.

Da wussten wir, er war da.

Aber lange konnte er nie bleiben. Höchstens eine Nacht. Musste wieder zurück nach Frankreich. War beruflich ja so eingespannt. Seiner Frau hatte er noch nichts gesagt. Der richtige Zeitpunkt hatte sich noch nicht ergeben.

Frau Lange verstand das. Tapfer nahm sie immer wieder seine Entschuldigungen entgegen. Manchmal wartete sie auch umsonst auf ihn. Da war ihm etwas

18

dazwischengekommen. Abgespannt und blass begab sie sich in den Alltagstrott. Mit geröteten Augen und spröden Lippen verrichtete sie wortkarg ihre Arbeit. Und jedes Mal, wenn das Telefon im Büro läutete, sah sie hoffnungsvoll zum Vorhang. Vielleicht schob ihn ja der Chef zur Seite:

„Frau Lange, ein Anruf für Sie."

Doch das kam sehr selten vor.

Dennoch liebte sie ihn. Allein seine Stimme gab ihr neue Kraft. Sie freute sich auf das Baby und dachte zuversichtlich an eine gemeinsame Zukunft.

„Am liebsten würde ich zu ihm fahren."

„Nehmen Sie sich doch Urlaub."

„Das kann ich mir nicht leisten, da verdiene ich ja nichts."

„Zahlen die hier kein Urlaubsgeld?", fragte ich erbost.

Frau Lange schüttelte wortlos den Kopf und Frau Bauer zog hilflos die Schultern hoch.

„Das gibt es doch gar nicht. Der Chef muss Urlaubsgeld bezahlen, das steht Ihnen zu! Das dürfen Sie sich nicht gefallen lassen! Mein Mann bekommt auch bezahlten Urlaub von seinem Arbeitgeber! Das ist gesetzlich geregelt!"

Nur einige Tage später wurde mir freundlich zum nächsten Ersten gekündigt. Man hätte für mich als Halbtagskraft keine Verwendung mehr.

Mir war schnell klar, der Chef hatte mitgehört. So eine aufwieglerische Person wie mich konnte er in seinem Betrieb nicht dulden.

Meine Kolleginnen aber bekamen von da ab, entgegen früherer Gepflogenheit, den Urlaub bezahlt.

Im Möbelhaus

1.

In diesen wirtschaftlich aufstrebenden Zeiten war es nicht schwierig wieder als Halbtagskraft irgendwo unterzukommen.

Ein dänisches Möbelhaus suchte für seine Zweigstelle in der Innenstadt eine Verkaufskraft.
Das Vorstellungsgespräch hatte ich mit dem Inhaber persönlich. Ein dynamischer junger Mann um die Mitte dreißig. Blond, nicht sehr groß, mit offenem Hemd. Ein Hardy-Krüger-Typ. Wir sprachen im Stehen. Er hatte nicht viel Zeit. Ein paar Fragen nur: Was ich bisher gemacht habe, ob ich mir das Arbeiten in seiner Filiale vorstellen könne, welche Lohnvorstellungen ich hätte, welche Fremdsprachen ich spräche, ob ich schwanger sei.
„Können Sie gleich anfangen?", fragte er fast ohne dänischen Akzent und musterte mich dabei von oben bis unten. Er hatte wohl nichts an mir auszusetzen.
„Klar!", erwiderte ich keck, ohne die geringste Ahnung von dem neuen Arbeitsfeld zu haben.
„Prima!", freute er sich, zeigte und erklärte mir in der Schnelle alles, worauf es seiner Meinung nach

ankam. Er verabschiedete sich mit festem, sympathischen Händedruck, stürmte zur Ladentür, zum Abschließen nach Geschäftsschluss sei er wieder da, winkte mir im Vorbeihasten noch kurz durch die Schaufensterscheibe zu und verschwand aus meinem Blickfeld.

Da stand ich nun. Keine weiteren Angestellten. Allein in einem ca. 100 qm großen Raum zwischen Ess- und Wohnzimmermobiliar. Die Wand zur Straße war rechts und links der Eingangstür durch große Schaufenster ersetzt, die den Passanten die Möglichkeit boten, einen Blick sowohl auf die Einrichtungsaccessoires in der Auslage als auch auf die ausgestellten Möbel im Ladeninneren zu werfen. Am Ende des Raumes, gleich neben der Tür zu einer kleinen Garderobe mit Waschbecken, Spiegel und angrenzender Toilette, stand ein breiter Schreibtisch mit einem Stuhl. Mein Büro. Ich setzte mich. Ein Telefonapparat gab mir die Sicherheit, mich bei Fragen jederzeit an die Geschäftshauptstelle wenden zu können. Ein Stoß Bestellformulare lag bereit. Daneben ein Kassenblock mit Kugelschreiber. Für den Verkauf von Kleinutensilien fand ich in der Schublade vor mir, unverschlossen, das Wechselgeld, daneben einen Taschenrechner. Glaubt er, ich könne nicht zusammenzählen? Ich überprüfte den auf einem Zettel notierten Kassenbestand. Stimmt. Was hätte ich gemacht, wenn Geld gefehlt hätte? Hätte ich es dann ersetzen müssen? Rechts mehrere offene Schieber mit Lineal, Locher, Hefter, Klebstoff, Papierbögen mit Briefkopf, Visitenkarten mit Hinweis zur Hauptstelle. Links auf einer Ablage mehrere große Ordner mit einem Durcheinander von Möbelabbildungen, dazwischen schwere Kataloge verschiedener skandinavischer Möbelfabriken mit anhängenden Preislisten.

Von der Straße aus konnte man mich hier sitzen sehen, schoss es mir durch den Kopf. Ich korrigierte meine Beinstellung und streckte meinen gekrümmten Rücken. Lagen meine Haare ordentlich? Hatte die Wimperntusche auch nicht gekrümelt? Schnell überprüfte ich mich am Spiegel, immer dabei aufmerksam Richtung Eingangstür hörend, um ja nicht eintretende Kundschaft zu versäumen.

16 Uhr. Eine Stunde hielt ich mich nun schon hier auf. Es kam niemand in den Laden. Die Auslage war hübsch dekoriert, ohne Beanstandung. Hier und da rückte ich ein wenig die Preisschildchen zurecht. Die Sachen waren nicht gerade billig. War das der Grund für so gar keine Resonanz? Ich lächelte nach draußen. Nein, das war albern. Was sollten die Vorbeigehenden davon halten? Besser, ich verzog mich wieder in den hinteren Teil des Ladens. Man kam sich ja vor wie auf einem Präsentierteller.

Gegen 18 Uhr, ich hatte gerade wegen der einsetzenden Dunkelheit das Firmentransparent über dem Eingang eingeschaltet, betraten dann aber doch Kaufinteressenten das Möbelgeschäft. Ein Herr und eine Dame. Einen Sekretär aus Teakholz wollten sie sich anschaffen.

Ich führte sie zum Exemplar, das gleich unter dem in Blautönen gehaltenen, kunstvoll handgeknüpften Wandteppich stand.

Das Paar schien sich unschlüssig.

Da pries ich die geschickte, Platz sparende Raumaufteilung des Möbelstückes, machte auf die gediegene, nur Holzdübel verwendende Verarbeitung aufmerksam, schwärmte von der Maserung der nordischen Schönheit, wobei meine Hände behutsam über die glatte Holzfläche glitten.

Die beiden sahen das Preisetikett.

„Ja, es ist schon etwas kostspielig", begab ich mich verständnisvoll auf ihre Ebene, „aber es lohnt sich! Hier handelt es sich um wirkliche Qualität! Und das Modell ist zeitlos. Diese klare, gerade Form kann man immer sehen!"

Habe ich sie nun soweit? Werden sie zugreifen? Bloß nicht aufdringlich sein.

„Lassen Sie sich ruhig Zeit. Wenn Sie weitere Fragen haben, ich bin Ihnen gerne behilflich", säuselte ich und zog mich zurück zu meinem Schreibtisch, an dem ich Geschäftigkeit vortäuschte.

Das Paar unterhielt sich. Er klappte die Tischplatte herunter, schloss sie wieder. Sie überprüfte die Lauffähigkeit der Schubladen; sie ließen sich leicht auf- und zuschieben. Er vergewisserte sich mit einem erneuten Blick auf die Rückseite des Preisschildes, ob die Maße dem in ihrem Wohnzimmer dafür vorgesehenen Platz entsprachen.

„Der würde genau neben das Fenster passen", hörte ich ihn vor sich hinmurmeln.

Sollte ich ihnen noch weitere Modelle im Katalog zeigen? Aber dann würde ich sie vielleicht verwirren und sie könnten sich gar nicht mehr entscheiden.

„Wir überlegen es uns", sagte der Herr in meine Richtung und die Dame lächelte beipflichtend. Da beeilte ich mich, um ihnen die Tür aufhalten zu können.

„Selbstverständlich. Das muss gut überlegt sein. Ach übrigens, wenn Sie sich noch andere Modelle ansehen möchten, empfehle ich Ihnen unser Hauptgeschäft."

Neugierig nahmen sie die ihnen gereichte Visitenkarte entgegen.

„Auf Wiedersehen", sagte ich freundlich und schloss die Tür.

Schade, dass das nicht geklappt hat, ich hätte so gerne etwas verkauft.

„Da können Sie nichts dafür", versuchte bald darauf mein Chef zu trösten, „die Deutschen haben kein Geld. Bei uns im Hauptgeschäft kaufen vorwiegend Amerikaner, da läuft es gut."

Der Laden war mir schon nach einigen Arbeitstagen vertraut und ich setzte mich ein, als wäre es mein eigener. Täglich kümmerte ich mich mit dem Staubtuch um ein gepflegtes Aussehen der Ausstellungsstücke. Aber Kunden betraten nur selten den Raum. Mein Chef kam, nachdem er mir schon bald den Ladentürschlüssel anvertraut hatte, nur selten vorbei und brachte mir dann zumeist neue Ware.

„Goddag", zwängte er sich, beladen mit Kartons bis zum Kinn, durch die ihm geöffnete Tür an mir vorbei und entledigte sich neben dem Schreibtisch der Pakete.

„Was verkauft?", fragte er mich grinsend, schaute währenddessen die Kassenzettel durch und zählte das Geld. Froh konnte er bei den mageren Verkaufsergebnissen eigentlich nicht sein. Er verstaute die spärlichen Einnahmen trotzdem gut gelaunt in seiner Gesäßtasche.

„Drüben", und damit meinte er das Hauptgeschäft außerhalb Heidelbergs Innenstadt, „läuft es bombig. Meine Frau kommt mit der Arbeit gar nicht mehr nach." Schon war er wieder auf dem Weg nach draußen, während sein Blick kontrollierend über Möbel und Auslagen glitt.

„Farvel!", rief er mir noch zu.

„Auf Wiedersehen."

Schon war ich wieder allein. Ich packte aus, zeichnete aus, räumte auf, dekorierte um. Das war immer schnell erledigt.

Ich ging im Laden auf und ab, setzte mich an den Schreibtisch, katalogisierte Werbebroschüren, tippte auf der Schreibmaschine vergilbte Preislisten neu, heftete Formulare ab. Aber auch diese Arbeiten erschöpften sich bald, was war nun zu tun? Draußen liefen die Menschen vorbei. Blieb einmal jemand vor dem Schaufenster stehen, versuchte ich ihn zu hypnotisieren: Komm herein, komm herein! Manchmal klappte es.

„Guten Tag", bemühte ich mich, „was kann ich für Sie tun?"

„Sie haben im Fenster solche Holzeierbecher. Kann ich die mal sehen?"

„Selbstverständlich!"

Ich bückte mich, beugte mich vor, reckte den Arm nach dem Gewünschten, vorsichtig, damit ich nicht etwas auf dem Weg dorthin umstieß oder verrückte, und angelte die sechs Eierbecher nacheinander aus der Auslage. Der Kunde befühlte das Material.

„Kann man die auch einzeln kriegen?"

„Natürlich. Wie viel möchten Sie denn?"

„Da nehme ich zwei."

„Gut. Soll ich sie als Geschenk verpacken?"

„Das wäre freundlich."

„Haben Sie die passenden Serviettenringe gesehen? Sie sind ganz neu im Sortiment", versuchte ich die Kauflust aufrecht zu erhalten. Und es klappte! Welch ein Erfolg!

Während ich die Ware einpackte, informierte ich noch ein bisschen, ganz unverbindlich, über den neuesten Trend in der dänischen Tischkultur. Wer weiß, vielleicht erweckte ich Interesse. Schließlich boten wir auch Gläser, Kerzenständer, Geschirr, Servietten, Besteck, Tischläufer und Flaschenöffner an.

Der Kunde verließ den Laden sehr zufrieden mit einem schönen Mitbringsel und vielen Anregungen für seinen nächsten Einkaufsbummel.

Danach war erst einmal wieder Stille, Langeweile. Ich hätte mir ein Buch zum Lesen oder Strickzeug mitnehmen können. Aber welchen Eindruck hätte das auf die Leute gemacht, die mich durch das Fenster beobachten konnten? Wenigstens musste ich nicht ununterbrochen stehen. Dankbar nahm ich auf meinem Stuhl am Schreibtisch Platz, schaute auf meine Armbanduhr. Noch zwei Stunden bis zum Feierabend. Mein Gott, war ich müde! Während ich auf die Straße schaute und die an dem Geschäft vorbeieilenden Menschen zunehmend schemenhafter wahrnahm, fielen mir die Augen zu und mein Kopf kippte nach vorn. Ich werde hier doch nicht einschlafen! Erschreckt riss ich mich zusammen, erhob mich benommen von dem Stuhl, wankte zum Waschbecken und ließ kaltes Wasser über meine Handgelenke fließen. Jetzt könnte endlich Kundschaft kommen, sehnte ich mich nach Mitmenschen. Ich schaltete die Abendlichter ein. Der beleuchtete Raum wirkte einladender. Tatsächlich, noch zweimal öffnete sich die Ladentür. Und jedes Mal wurde etwas gekauft. Na, geht doch, dachte ich zufrieden.

2.

Seit fünf Monaten hatte mir mein Arbeitgeber jeweils pünktlich zum Ersten den Lohn ausgezahlt. Man konnte sich auf ihn verlassen. Doch er war so geschäftlich eingebunden, dass er kaum Zeit für einen längeren Aufenthalt in der Zweigstelle hatte. Wozu auch, in mir hatte er eine zuverlässige Arbeitskraft. Ganz erstaunt war ich deshalb, dass er an einem Samstagmorgen plötzlich auftauchte, um mir Gesellschaft zu leisten. Er begann sich ausgiebig mit mir zu unterhalten. Redselig schwärmte er von seiner Heimat, seinen Freunden, der dänischen Geselligkeit und vom guten Bier.

Ich hörte ihm aufmerksam zu, zeigte Interesse an seinem Land und dem Brauchtum.

„Sie sollten mal mit nach Dänemark kommen. Sie wären begeistert."

„Bestimmt", erwiderte ich vage. Bisher war ich noch nie verreist. Richtung Norden war ich über Frankfurt nicht hinausgekommen.

„Das ist überhaupt die Idee! Bei der nächsten Geschäftsreise fahren Sie einfach mit", begeisterte er sich und fügte hinzu, „als meine Sekretärin."

Wir befanden uns im hinteren Teil des Ladens. Er hatte sich locker auf eine Ecke des Schreibtisches gesetzt und einen Fuß auf der Sprosse des Schreibtischstuhls gelagert, während ich zwei Meter von ihm entfernt an der Wand neben der Garderobentür lehnte.

Was sollte ich darauf antworten? Schließlich hatte ich eine Familie. Da konnte ich nicht so einfach längere Zeit von zu Hause wegbleiben. Wie er sich das vorstellte? Auf der anderen Seite wollte ich ihn aber auch nicht enttäuschen.

„Na, ja", beschwichtigte ich vorsichtig seine Euphorie und trat in der Garderobe bei offener Tür vor das Waschbecken, um mir die Hände zu erfrischen. Gerade wollte ich in den Spiegel schauen, da verdunkelte sich der winzige Raum.

Mein Chef war mir gefolgt. Er stand in der Tür. Seine linke Körperseite lehnte an der Zarge, mit einem Bein feststehend, das andere lässig darüber geschlagen. Mit seiner rechten Hand stützte er sich am oberen Teil des rechten Türrahmens ab. Seine Gestalt durchzog gleich einer Raumdiagonalen die Türöffnung. Der Ausgang war versperrt.

Nur noch einen halben Meter von mir entfernt stand er da. Ich konnte sein Rasierwasser riechen. Seine Augen unter kräftigen Brauen waren wässrig-blau, umrahmt von einem dichten Kranz heller Wimpern. Die Nase, klein und stumpf, wirkte eher feminin und passte nicht so recht zu dem markigen, leicht gespaltenen, kantigen Kinn und dem hervorstehenden Adamsapfel am muskulösen Hals.

„Das wäre doch schön, oder?", fragte er und wirkte auf mich plötzlich kindlich naiv.

Fast empfand ich Mitleid. Beherzt machte ich einen Schritt auf ihn zu. Ich stand nun dicht vor ihm.

„Lassen Sie mich bitte vorbei?", bat ich ihn höflich.

Er machte keine Anstalten mir den Weg frei zu machen.

„Du gefällst mir", sagte er leise und seine wohlgeformten, sinnlichen Lippen zuckten.

Dieser Gesichtsausdruck! Er kam mir bekannt vor. Bei meinem Mann kündigte diese Physiognomie stets Lust auf mich an. Was soll ich tun? Gleich wird er mich küssen! Soll ich mit Gewalt versuchen seine Absperrung zu durchbrechen? Sein Körper wirkte kräftig und durchtrainiert. Da habe ich keine Chancen. Schreien? Wer soll mich hören? Sein Kopf beugte sich zu meinem Gesicht. Ich spürte bereits seinen Atem. Da lachte ich ihn spitzbübisch an, bückte mich blitzschnell, schlüpfte durch die Lücke unter seinem Arm und eilte in den Verkaufsraum.

„Aber Herr Larson", rief ich fast entschuldigend, „solche Spielchen dürfen wir wirklich nicht machen, wir sind doch beide glücklich verheiratet!"

Ich lachte, ordnete beiläufig die Gegenstände auf dem Schreibtisch, war ihm nicht böse, tat, als sei nichts gewesen.

Er kam wieder zu sich.

„Natürlich, Sie haben völlig Recht."

Und ich meinte zu hören, was er dachte: Man kann es ja mal probieren.

Von dieser Zeit an ließ sich mein Chef noch weniger blicken, begegnete mir dann aber stets höflich und korrekt.

3.

An die Selbstständigkeit und die Verantwortung in der Zweigstelle hatte ich mich gewöhnt. Ja, ich genoss es geradezu mein eigener Herr zu sein. Umso mehr war ich enttäuscht, als Herr Larson mir eines Tages eröffnete, die Zweigstelle aus wirtschaftlichen Gründen schließen zu müssen.

„Machen Sie sich keine Sorgen, Sie verlieren Ihren Job nicht. Wir brauchen Sie im Hauptgeschäft. Meine Frau ist froh, wenn sie Hilfe bekommt. Ich selbst bin viel außer Haus."

Ich war beruhigt. Wir brauchten dringend das Geld. Fast freute ich mich auf die neue Arbeitsumgebung.

Das Möbel-Hauptgeschäft lag außerhalb Heidelbergs in einem Vorort, nahe einer amerikanischen Kaserne. Mit öffentlichen Verkehrsmitteln war es nur mühsam zu erreichen. Von der Haltestelle aus war zusätzlich ein langer Fußweg zu bewältigen.

Ich musste also früher als bisher aus dem Haus. So war ich vormittags gezwungen, die nötigen Hausarbeiten noch schneller als sonst zu erledigen.

Mittagessen für meine Tochter und mich, mein Mann aß meistens auswärts, gab es nun bereits vor 12 Uhr. Es bestand oft aus etwas rasch Zuzubereitendem aus der Dose. Danach schnell der Abwasch. Die Küche sollte, wenn wir abends nach Hause kamen, sauber sein.

Hasten zur Straßenbahn, das Kind hinterher zerrend. Einsteigen. Platz finden. Fünfzehn Minuten Fahrt.

Meine Tochter war quietschvergnügt, plapperte laut. „Psst! Sei leise!" Sie schnitt Grimassen, dass die Fahrgäste lachten. „Benimm dich!" Sie stand auf, rannte durch das Abteil. „Komm sofort her!" „Bonbon!!?" „Wie heißt das Zauberwort?" „Biiitte!"

„Römerplatz", klang es aus dem Lautsprecher. Endlich! Wir mussten aussteigen. Ich nahm sie auf den Arm, da ging es schneller. Oh, war sie schwer!

Jetzt noch einige Straßen überqueren. „Hopp, hopp, hopp, hopp, hopp, Pferdchen lauf Galopp!", bewältigten wir spielerisch die Entfernung. Ich rang nach Atem. Oma wartete schon. Sie wird das Kind in den nahen Kindergarten bringen. Ich setzte die Kleine vor ihr ab.

„Mammmiii, bleib da!!!", heulte sie mir noch hinterher. „Der Papi holt dich ab", hetzte ich, ohne mich umzudrehen, schon wieder weiter, wieder zu einer Haltestelle, diesmal in eine andere Richtung, zur Arbeitsstelle.

Pünktlich zu der verabredeten Zeit kam ich an. Durchatmend, die Alltagsbelastungen abstreifend, betrat ich selbstbewusst den Laden. Ich fühlte mich erfahren und kompetent.

4.

Das aus zwei großen, überschaubaren Räumen bestehende Einrichtungshaus wirkte sehr wohnlich. Überall belebte neben fast kitschigem Schnickschnack das Grün von gepflegten Zimmerpflanzen die Einrichtungsgruppen. Etwas überladen wirkte so manche Dekoration.

„Das ist das Händchen meiner Frau!", erklärte mir Herr Larson stolz die Ausstellungsräume und breitete dabei demonstrativ beide Arme weit aus.

Und da schritt sie auch schon die Treppe, die zu ihrer Wohnung führte, hinab. Eine junge Frau, höchstens fünfundzwanzig, mit blauschwarz gefärbtem, dauerwellgelocktem, halblangem Haar. Groß, schlank, in einem sehr auffallend roten, eng anliegenden, weit ausgeschnittenen Kleid, als wolle sie zu einer Party gehen.

Mit der werde ich nicht zurechtkommen, war mein erster Gedanke, als mir Herr Larson seine Ehefrau vorstellte. Ihr Gesicht mit grell geschminktem roten Mund verzog sich zu einer Freundlichkeit heuchelnden Fratze. Die stahlblauen Augen musterten mich eiskalt, als sie mir ihre knöchrige, mit Brillianten beladene Hand reichte.

„Auf gute Zusammenarbeit!"

Mein Chef war zufrieden mit dem für ihn sichtlich gelungenen ersten Zusammentreffen seines weiblichen Personals.

„Dann lass ich euch mal alleine", bekräftigte er das in uns gesetzte Vertrauen auf friedvolles Miteinander und verließ den Raum.

„Mein Mann hat mir schon viel von Ihnen erzählt", tönte es höhnisch aus ihrem Mund und sie schaute mich mit zusammengekniffenen Augen misstrauisch an, als wolle sie seine Worte überprüfen. „Na, ja, wir werden sehen", verzog sie ironisch die Mundwinkel. „Stauben Sie erstmal ab. Die Tücher finden Sie im Schrank neben der Toilette."

Widerspruchslos folgte ich ihrer Anweisung.

Mein erster Eindruck sollte sich bewahrheiten. Es gelang mir nicht, den Erwartungen meiner Chefin zu entsprechen. Alles, was ich machte, war ihr nicht gut genug. So sehr ich mich auch anstrengte, sie mäkelte und korrigierte an mir herum. Verkaufsgespräche durfte ich nicht führen. Da mischte sie sich regelmäßig ein und übernahm das Ruder.

„Holen Sie mir die Stoffprobe! Bringen Sie den Herrschaften einen Kaffee! Sie haben den Katalog falsch eingeräumt, wie soll man da etwas finden!", herrschte sie in strengem Ton.

„Sie müssen entschuldigen! Dieses Personal heutzutage", erklärte sie der Kundschaft und verdrehte die Augen.

Dabei gab ich mir solche Mühe.

Richtig niedergeschlagen verließ ich abends den Laden. Manchmal heulte ich sogar, wenn ich zu Hause von meinem Arbeitstag erzählte.

„Lass dir bloß nichts gefallen!", stachelte mich mein Mann auf.

Wie Recht er hatte. Diese blöde Kuh! Wie die mit den Amis sprach! In diesem Kauderwelsch, das kaum mit Englisch etwas zu tun hatte. Gut, aber es schien den amerikanischen Besuchern zu gefallen. Es kam immer zu Abschlüssen. Das hatte sie drauf. Das musste man ihr lassen. Verkaufen konnte sie wirklich gut.

Jeden Tag nahm ich mir erneut vor, mich anzustrengen. Demütig und unterwürfig verhielt ich mich inzwischen ihr gegenüber, ganz entgegen meiner eigentlich mutigen, optimistischen, tatkräftigen Einstellung, wenn es Probleme zu bewältigen galt. Je mehr sie mich schikanierte, umso minderwertiger kam ich mir vor, wurde immer unsicherer und traute mir am Ende selbst nichts mehr zu.

„Ich glaube, ich werde krank", jammerte ich meinem Mann vor.

Blass und frierend hatte ich Angst vor dem nächsten Arbeitstag. Zwei Monate hatte ich bis jetzt diese miese Behandlung ausgehalten. Warum eigentlich? Wer war sie denn? Ja, sie sah gut aus. Das war auch alles. Aber sonst, war sie nicht dumm wie Bohnenstroh? Sie konnte nicht einmal das Wort Service richtig aussprechen, sie ließ das -s- am Ende einfach weg und kam sich dabei sehr vornehm vor. Aber was half es. Ich musste durchhalten. Wir waren auf das Geld angewiesen.

„Nimm es doch nicht so schwer. Die Bezahlung ist gut", spornte mich mein Mann an.

Also schleppte ich mich wider jegliche Vernunft weiter zur Arbeit. Ich hätte besser gekündigt.

Wozu es führen kann, wenn ein Mensch ständig unterdrückt, beleidigt, ausgenutzt und ohne Achtung, Höflichkeit und Verständnis behandelt wird, kristallisierte sich immer stärker heraus. Nachdem mich anfangs völlige Niedergeschlagenheit befallen hatte, fingen langsam an Wut und Neid mich zu beherrschen. Neidisch war ich auf sie, die wahrscheinlich auf Grund ihres hübschen Figürchens und breitgemachter Beine sich den reichen Geschäftsmann geangelt hatte und nun angeberisch mit ihrer vermeintlich gehobenen Position kokettierte, während ich jeden Pfennig umdrehen musste. Wütend war ich über die Ungerechtigkeit und die Machtlosigkeit in meiner untergeordneten Stellung. Und schließlich übermannte mich die Wut.

Es war an einem Samstagvormittag. Zunächst allein im Laden, mein Chef war auf Auslandsreise, hatte ich ein wenig aufgeräumt, die Pflanzen mit Wasser versorgt, Stühle gerückt. Da fiel mir ein Preisschild auf, das wohl von meiner Chefin geschrieben und aufgestellt worden war:

Büscherstüze DM 4,00

Schnell schrieb ich ein neues Schild in richtigem Deutsch. Das hätte ich besser nicht gemacht. Frau Larson stand hinter mir.

„Was tun Sie da?", herrschte sie mich an und riss mir das rechteckige Kärtchen aus der Hand.

„Ich wollte doch nur", begann ich entschuldigend zu stammeln.

„Sie haben hier gar nichts zu wollen! Sie machen hier das, was ich Ihnen sage!", schrie sie mich an.

Jetzt wurde es mir aber zuviel.

„Das war falsch, was Sie geschrieben haben. Das kann man doch so nicht aufstellen", empörte ich mich mit lauter Stimme.

„Das geht Sie nichts an!", keifte sie und der Ton wurde immer schriller:

„Kümmern Sie sich gefälligst um die Arbeit, die Ihnen zusteht! Gehen Sie die Toiletten putzen, das ist das Einzige", und in ihrem vor Hass verzerrten Gesicht blitzte Schadenfreude auf, „das Einzige, wozu Sie …"

Das war nun der Gipfel der Beleidigung. Zum Ausreden kam sie nicht mehr. Ohnmächtig gegenüber soviel Unverschämtheit wusste ich mir nicht mehr anders zu helfen als zuzuschlagen. Weit holte ich aus und laut klatschend flog ihr meine flache Hand mit solcher Wucht ins Gesicht, dass diese Person Mühe hatte, das Gleichgewicht zu behalten. Ihr Ohrclip am gegenüber liegenden Ohrläppchen wurde von dem Aufprall weit weggeschleudert.

Fluchtartig verließ ich schwer atmend den Laden. Oh Gott, was hatte ich nur gemacht! Mein Herz schlug bis zum Hals.

„Sie sind fristlos entlassen!", kreischte sie mir hinterher.

Tage später holte mein Mann meine Papiere dort ab, während ich im Auto draußen mit ungutem Gefühl zurückblieb. Gegen alle Erwartungen war Frau Larson jedoch zuckersüß zu ihm.

„Du, ich glaub, die kenn ich. War die nicht Bardame im …?". Er überlegte, „ach, mir fällt es jetzt nicht ein. Aber ich komm noch drauf."

Dachte ich mir es doch, aufatmend lehnte ich mich zurück. Genugtuung durchströmte mich.

„Willst du nicht wieder arbeiten gehen?", fragte mein Mann nach einem Monat, während er besorgt das Soll auf dem Kontoauszug betrachtete.

Die Aufregungen und Demütigungen im letzten Job hatte ich inzwischen verarbeitet, verkraftet. Mein Ego war wieder aufgerichtet. Ich erinnerte mich an ein Schild „Verkäuferin gesucht", das ich beim letzten Schaufensterbummel in einem Geschäft für Damenoberbekleidung in der Hauptstraße gelesen hatte. Ich kann es ja versuchen, vielleicht nehmen sie mich. So schlimm wie im Möbelladen wird es schon nicht werden.

In der Damenboutique

1.

„Sie suchen eine Verkäuferin?", nahm ich gerade-
heraus gleich bei der ersten Dame, die mich nach
meinen Wünschen fragte, Anlauf.

„Oh, da muss ich mal sehen, ob die Chefin Zeit
hat. Einen Moment bitte. Wenn Sie so lange Platz
nehmen wollen?"

Sie deutete auf eine elegante Ledersitzgruppe im
vorderen Teil des Verkaufsraumes und verschwand,
eine Marmortreppe hinaufeilend, im 1.Stock des
Etablissements.

In der gegenüberliegenden, zur Ein- und Ausgangstür führenden Spiegelwand sah ich mich sitzen. Mein Kleid mit Jäckchen aus rosa Wollbouclé
hatte ich im Chanelstil selbst geschneidert, die Haare
toupiert und zur Hochfrisur gesteckt. Passend zu der
golddurchwirkten Borte, mit der Revers und Ta-
schenklappen der Jacke eingefasst waren, trug ich
große Perlenohrclips. Ich konnte zufrieden sein mit
meinem Aussehen.

Schon bald hörte ich Absätze die Steintreppe
herunterklappern. In festem, fast stampfendem, ener-
gischem Schritt näherte sich eine Frau. Auch sie
schaute wie ich zuvor mit überprüfendem Blick im

Vorbeigehen flüchtig auf ihr Spiegelbild, bevor sie mir, noch ehe sie mich erreichte, die Hand entgegenstreckte. Ich war aufgestanden. Sie war etwas korpulent, nur wenig größer und um einiges älter als ich. Das Kleid war auf Figur gearbeitet, aber nicht zu eng. Es umspielte schmeichelnd die Problemzonen Busen, Taille und Hüfte. Eine kostbare Uhr zierte das Handgelenk. An der rechten Hand trug sie einen schmalen, mit drei Edelsteinen besetzten Ring und um den Hals ein goldenes Flachpanzercollier aus Gold. Nicht aufdringlich. Schlicht und sehr elegant. Ihr Händedruck war warm und angenehm. Die kurz geschnittenen Fingernägel waren sorgfältig mit durchsichtigem Lack bearbeitet, die Haut auffallend gepflegt.

Sie strahlte Persönlichkeit aus und wirkte zunächst erhaben, vornehm und unnahbar. Doch wir kamen schnell ins Gespräch. Ihr Umgangston war freundlich, fast herzlich, als nähme sie sich meiner mütterlich an. Aufmerksam, mir fest ins Auge blickend, hörte sie mir zu. Aufrichtig erzählte ich ihr von meinem bisherigen beruflichen Werdegang und von unseren Geldsorgen. War es diese Offenheit, die ihr an mir gefiel? Sie stellte mich ein und ich war voller Vertrauen. Fast schien es mir, als hätte ich bei ihr einen „Stein im Brett".

Zu Beginn des nächsten Monats fing ich zusammen mit einer anderen Frau, so um die fünfunddreißig, in dieser Boutique als Verkäuferin an.

Wir waren beide als Halbtagskräfte für den Nachmittag eingestellt. Stolz war ich, in diesem exquisiten Modehaus, dem ersten am Platz, arbeiten zu dürfen. Mit meinen 20 Jahren war ich die jüngste unter den Kolleginnen, abgesehen von einem Lehrmädchen im zweiten Lehrjahr.

Schnell fand ich heraus, dass das ausgezeichnete Betriebsklima, das hier herrschte, hauptsächlich zwei Damen vom Stammpersonal zu verdanken war. Sie schienen, jede auf ihre Art, den Arbeitsablauf zu dirigieren. Sie hatten den Überblick und das Sagen.

Frau Konrad war die Freundin der Chefin und etwa im gleichen Alter wie sie, das erfuhr ich im Laufe der Zeit. Bei ihr konnte man Bedenken und Wünsche äußern, von denen man sicher war, dass sie, wenn es sich lohnte, ans Ohr der Chefin gelangten. Ich empfand sie als Bindeglied zwischen Belegschaft und Chefetage. Doch war sie dabei stets kollegial, niemals intrigant oder hinterhältig. Sie setzte sich wie ein Personalrat für die Betriebsangehörigen ein. Gleichzeitig wachte sie über die Einhaltung der ungeschriebenen Gesetzmäßigkeiten der betrieblichen Arbeitsabläufe. Ihre Ratschläge und Tipps im Umgang mit der Geschäftsführung, den Kollegen und der Kundschaft basierten auf langjähriger Erfahrung. Hinter verschlossenen Türen kam es zuweilen vor, dass die Freundinnen sich stritten. Das Personal aber blieb von öffentlich ausgetragenen Auseinandersetzungen, Rügen, Bevormundungen und Maßregelungen verschont. Den

Kollegen gegenüber habe ich sie ernst und zurückhaltend, aber trotzdem freundlich und verständnisvoll erlebt. Vorbildlich waren ihr Erscheinungsbild und ihr Auftreten. Sie war groß, sehr schlank, dezent geschminkt und das dunkle Haar sorgfältig frisiert, immer elegant und unauffällig gekleidet und sprach exaktes Hochdeutsch.

Frau Burckhardt, die Dame, die mich gleich zu Anfang begrüßte, war die Seele des Betriebes. Auch sie war groß. Wie Frau Konrad überragte sie meine neue Kollegin und mich um mindestens eine Kopflänge. Meistens trug sie Schwarz. Äußerst geschickt, denn dadurch wirkte ihre muskulöse Statur schmaler. Sie hatte einen blonden Wuschelkopf. Die wilden, fast nicht zu bändigenden Locken passten zu ihrem unglaublichen Temperament, ihrer Fröhlichkeit und einer nicht zu bremsenden Arbeitswut.

Was hätte wohl die Chefin ohne sie gemacht? Nicht nur, dass sie immer für eine ausgewogene Atmosphäre sorgte, die Kunden vorzüglich bediente und darüber hinaus mit ihrer herzlichen Art verstand Stammkundschaft aufzubauen. Sie hatte zudem noch einen außerordentlich guten Geschmack bei der Zusammenstellung von zu verkaufenden Artikeln. Sie besaß ein Gespür für die Wunschvorstellungen der Kundinnen, sowie einen richtig einschätzenden Blick für die Finanzkräftigkeit der männlichen Begleitpersonen. Und außerdem, das war von wesentlicher Bedeutung, war sie ausgebildete Dekorateurin. Ohne ihre professionelle und geschmackvolle Schaufenstergestaltung wäre der Kundenzustrom nur halb so groß gewesen.

2.

Die Chefin war sich ihres Zugpferdes bewusst. Regelmäßig schlenderte sie, wenn gerade nicht zu bedienen war, mit Frau Burckhardt durch den Laden und deutete auf dieses und jenes, bevor sie sich wieder in ihr Büro zurückzog. Da wussten wir, es wird etwas zu tun geben.

„Auf Leute. Wir müssen umräumen!", spornte sie uns an.

„Mäntel und Jacken müssen nach vorne. Draußen ist es kalt. Hosenanzüge in die zweite, Kostüme zu den Blusen in die dritte und die Kleider ganz hinten in die letzte Reihe."

Sie wartete nicht ab, bis wir uns bewegten. Tatkräftig schob sie gleich zehn Kleider auf einmal auf ihren Bügeln zusammen, umfasste die Textilien, hob sie von der Stange und hastete mit der Ware in den hinteren Teil des Ladens, um sie dort hinzuhängen. Beim Einordnen achtete sie noch auf Größe und Farbe, das alles auf seinen richtigen Platz gelangte. Und alle anderen beeilten sich ihr zu helfen. Nur Frau Konrad hielt sich zurück. Sie war vorsorglich einsatzbereit für eventuell eintretende Kundschaft.

Da Frau Burckhardt größer war als wir, ihr genügte die unterste Stufe der niedrigen Trittleiter, übernahm sie die oberen Kleiderstangen, während meine kleine Kollegin und ich, wie die Zwerge unter ihr, die tiefer angebrachten Stangen mit der umgeordneten Ware bestückten. Immer wieder strich unsere Kollegin mit der rechten Hand glättend zwischen den einzelnen Kleidungsstücken von oben nach unten, damit sich beim Hängen nicht unnötige Falten bildeten. Wir machten es ihr nach. So manchen Nachmittag, besonders, wenn draußen unangenehmes Regenwetter keine Kauflaune bei den Menschen aufkommen ließ, standen wir nicht auf Kundschaft wartend herum, sondern brachten einstweilen den Laden immer wieder auf Vordermann.

Umbügeln war dabei eine beliebte Arbeitsbeschaffungsmaßnahme. Die Ware musste auf andere Kleiderbügel gestülpt werden. Jedem Bekleidungsstück war nämlich eine bestimmte Sorte von Kleiderbügel zugeordnet. In der Hektik des Bedienens kam es häufig vor, dass man die wieder einzuräumende Ware auf irgendeinen, gerade greifbaren Kleiderbügel hängte. So entstand nach Verkaufsturbulenzen oft ein ungleichmäßiges, unordentliches Gesamtbild der kostspieligen Markenware, das es zu korrigieren galt. Mäntel zum Beispiel hatten auf schweren lackierten Holzbügeln mit dem Namenszug der Boutique zu hängen, während Blusen auf leichten, weißen Plastikbügeln, Hosenanzüge und Kostüme auf zweigeteilten Bügeln in Holz und Kleider wiederum auf besonders gebogenen schwarzen Plastikbügeln hängen mussten. Stoffe in hellen Farben waren zudem vor Schmutz,

dunkle Farben vor dem Einstauben mit überge-
zogenen Kunststoffhüllen zu schützen. Diese jedoch
schienen Staub geradezu magnetisch anzuziehen und
waren deshalb ständig zu erneuern.

Frau Burckhardt hatte bei dieser Tätigkeit die
Manschetten der weißen Bluse, wenn sie unter ihrem
schwarzen V-Ausschnittpullover schmückend her-
vorblitzten, sorgfältig hochgekrempelt, um sie nicht
zu verunreinigen. Nach dem Umbügeln mussten wir
uns erst die Hände waschen, bevor wir uns an die
nächste Aufgabe machten. Das Zusammenlegen und
Stapeln der feinen Strickware aus Merino, Kaschmir
und Seide, in der zuvor neugierige Kunden gewühlt
hatten, stand an. Die zur Auswahl vorgelegten Accessoires, wie Gürtel, Tücher, Schmuck und An-
steckblumen waren wieder an ihren entsprechenden
Aufbewahrungsort zu bringen. Zu tun gab es immer
etwas. Wir waren alle sehr fleißig. Doch das
Geschäft ging schleppend.

3.

„Ich begrüße Sie alle zu der kleinen Weihnachts-
feier, zu der ich Sie heute eingeladen habe."

Meine Chefin berichtete von dem Umsatz des zu
Ende gehenden Jahres. Ihre Stimme, die uns zunächst mit Geschäftszahlen klar und fest erreichte,
begann auf einmal weinerlich zu klingen. In ihren
Augen standen Tränen. Was war mit ihr los? So
kannte ich sie gar nicht. Aber was wusste ich schon

von ihr? Frau Konrad hatte einmal erzählt, dass ihre Freundin ursprünglich aus dem Osten Europas sei und mit einem winzigen Geschäft in der Plöck angefangen habe. Wie bewundernswert Energie und Durchhaltevermögen seien. Sie habe schon viel Schlimmes erlebt, hatte die Kollegin angedeutet, ohne irgendwie konkret geworden zu sein. Dieses Geschäft nun sei ihr Ein und Alles. Ich hörte meine Vorgesetzte reden:

„Glauben Sie mir, ich habe es mir in meiner Entscheidung nicht leicht gemacht. Ich habe hin und her überlegt, gerechnet und gerechnet. Aber ich kann es mir nicht mehr erlauben. Die Geschäftskosten überschreiten bei Weitem meine Möglichkeiten! Ich bin zu diesem Schritt gezwungen. Der Umsatz ist in letzter Zeit zu schlecht!"

Sie wird doch nicht etwa den Laden schließen, ich hielt den Atem an, als sie weiter sprach:

„Leider ist mir die Zahlung von Weihnachtsgeld in diesem Jahr nicht möglich."

Ich atmete auf. Für mich war das zu verkraften. Ich hatte ohnehin noch nie Weihnachtsgeld bekommen. Doch meine Kolleginnen sahen betroffen aus. Sie hatten mit der Mehreinnahme schon fest gerechnet. Enttäuscht hatten alle den Blick gesenkt, als die Chefin langsam und vorsichtig ihre Ansprache fortsetzte:

„Den beiden zuletzt eingestellten Kräften muss ich leider zum 1.Januar kündigen."

Ich schluckte. Mir wurde heiß. Das betraf mich und Frau Richard. Unsere Blicke begegneten sich.

Wir lächelten tapfer. Resigniert. Stumm. Was sollten wir auch machen? Wir konnten es ja verstehen.

Eine Feier war das nicht. Und auch die Tafel Schokolade, die jeder zum Abschluss überreicht bekam, vermochte nicht unsere betrübte Stimmung zu bessern.

Frau Burckhardt nahm uns beide liebevoll in den Arm, als wir den Laden verließen.

„Noch ist das letzte Wort nicht gesprochen", tröstete sie, „uns wird schon etwas einfallen", versprach sie und ging siegessicher davon. Wir blieben ratlos zurück.

„So eine Schweinerei! Ausgerechnet zu Weihnachten!", entrüstete sich wütend mein Mann.

„Meine Kollegin meint, da wäre vielleicht noch etwas zu machen", versuchte ich zu beschwichtigen.

„Ach, mach dir doch nichts vor. Für das Weihnachtsgeschäft seid ihr noch gut genug. Nächstes Jahr steht ihr dann auf der Straße. Eiskalt serviert die euch ab."

Die letzten Wochen vor Weihnachten waren tatsächlich sehr erfolgreich. Wir übertrafen uns alle an Arbeitseifer und die Kasse klingelte. Doch dann kamen die Feiertage und danach hatten wir nur noch eine Woche uns daran zu gewöhnen, dass unsere Arbeit in diesem Haus beendet war. Nur noch eine Woche! Es hatte mir so gut hier gefallen!

Die Chefin ließ sich nicht blicken.

Frau Konrad tuschelte mit Frau Burckhardt. So vertraut hatte ich beide noch nie zusammen stehen sehen. Sie redeten über mich, darauf hätte ich wetten können. Frau Richard war genauso enttäuscht wie ich. Ein halbes Jahr hatte die schöne Zeit in diesem wunderbaren Geschäft gedauert, mit den netten Kolleginnen und einer eigentlich tollen Chefin. Das sollte nun alles aus sein? Ich hätte heulen können. Dass man die Hoffnung nie aufgeben sollte, bewahrheitete sich kurz vor Silvester. Frau Konrad war erkrankt. Das war sehr ungewöhnlich. Eine schwere Grippe hatte sie erwischt. Wie konnte das passieren? Jeden Morgen äße sie eine Handvoll Vitaminpräparate, um die Abwehrkräfte zu stärken, hatte sie mir einmal verraten. Seit Jahren sei sie kerngesund, habe noch nie im Geschäft gefehlt. Und nun war sie krank, die Arme! Ihre Arbeitskraft fehlte. Ein Tag darauf gab Frau Burckhardt bekannt, dass ihre Kur genehmigt sei. Vier Wochen Bad Schwalbach. Endlich! Schon so lange hatte sie auf den Bescheid gewartet. Ihre rheumatischen Erscheinungen in Hand- und Fußgelenken plagten sie schon lange. Nun war es soweit. Vielleicht halfen ja Ruhe, Bäder, Massage, Gymnastik und vegetarisches Essen. Am 15. Januar begann die Behandlung. Frau Richard und ich verstanden nicht gleich, was das eigentlich bedeutet, wenn zwei Verkäuferinnen, ausgerechnet die Führungskräfte, die tüchtigsten von allen, nicht im Laden anwesend sind. Wer sollte ihre Arbeit übernehmen? Unsere erfahrene Chefin erkannte sofort den Engpass, der sich dadurch ergab und bat Frau Richard und mich in ihr Büro.

„Meine Damen!", sagte sie bedeutungsvoll und ließ uns auf zwei Sesseln im Barockstil vor ihrem schweren Schreibtisch, einer Antiquität aus edlem, dunklem Holz, Platz nehmen. Hinter ihrem Rücken drang durch ein Fenster Tageslicht in den Raum, beleuchtete von hinten ihr kurzes Haar, das dadurch an den Spitzen rot zu brennen schien und erhellte unsere Gesichter, während ihres im Schatten lag.

„Ich brauche Ihre Hilfe!"

Ihre slawischen Wangenknochen waren leicht gerötet und ihre schrägen Augen glitzerten gerührt. Warum, wunderte ich mich. Weil wir so bescheiden vor ihr saßen? Zwei arme Hascherl, die eigentlich auf sie angewiesen waren? Sie machte eine Pause, als ob sie sich die nächsten Worte erst zurechtlegen müsste. Wir warteten gespannt.

„Seien Sie mir bitte nicht böse, aber ich muss die Kündigung zurücknehmen. Ich brauche Sie beide, dringend!"

„Kein Problem", antwortete ich spontan, innerlich jubelnd, und auch Frau Richard war dieser Meinung.

Unsere Chefin schien erleichtert.

„Die Schwierigkeit ist nur...", sie zögerte einen Moment, begann ihren Ring am Finger zu drehen, zog beide Brauen hoch und legte damit besorgt die Stirn in Falten. Auf einmal wirkte sie unsicher, nervös, verletzlich. Wie viel Überwindung musste es sie gekostet haben weiter zu sprechen:

„Könnten Sie im Januar und Februar auf die Hälfte Ihres Lohnes verzichten?"

Wir sahen wohl beide sehr verblüfft aus, denn sie bemühte sich uns zu beruhigen:

„Verstehen Sie mich bitte nicht falsch. Nein, nein, nein! Sie sollen nicht weniger Geld bekommen. Selbstverständlich zahle ich Ihnen den Lohn nach. Im März, spätestens im April, wenn das Ostergeschäft läuft?"

Darauf könnten wir uns einigen, stimmten wir beide überein. Wie waren wir glücklich, dass wir bleiben durften.

„Kommen Sie, darauf wollen wir uns etwas Gutes genehmigen", forderte sie uns auf. Verflogen war ihre Sorge. Rasch holte sie drei Cognacgläser aus ihrem Schreibtisch und schenkte reichlich ein.

„Ich danke Ihnen!", würdigte sie noch einmal unsere Zusage, während sie uns auffordernd ihr Glas zum Anstoßen entgegenhielt.

„Hast du das schriftlich?", fragte mein Mann höhnisch, als ich ihm von der Wendung erzählte.

„Nein, wieso?", fragte ich unerfahren.

„Da bin ich mal gespannt, ob du dein Geld bekommst. Rechtlich hast du nichts gegen sie in der Hand."

Der Argwohn meines Mannes war überflüssig. Die Chefin hielt ihr Wort. Und wir strengten uns an, die Personallücken halbwegs zu schließen. Zielstrebig bemühten wir uns noch eifriger als zuvor den

Umsatz zu verbessern, damit unser Laden gut lief und wir nicht noch einmal Gefahr liefen, womöglich erneut entlassen zu werden.

4.

Samstags war das Geschäft am besten besucht. Nicht selten waren dann vom Lehrmädchen bis zur Chefin alle im Einsatz, um sich um die Kundschaft zu kümmern. Da arbeitete ich Seite an Seite mit Kolleginnen, die an übrigen Wochentagen vormittags eingesetzt waren. Selbst die Büroangestellte und die Schneiderin halfen manchmal im Verkauf mit.

Eine Treppe höher war eine besondere Abteilung. Hier hingen Abendkleider und Brautmoden. Wenn hierher Kundinnen hochgeführt wurden, empfing sie Frau Graf, eine Verkaufsexpertin in diesem Genre.
Die Kollegin gehörte auch zum Stammpersonal, aber sie kapselte sich von uns ab, war für uns Halbtagskräfte unerreichbar. Sie ging völlig in ihrem Beruf auf. Niemals hatte sie Zeit für ein kleines Gespräch mit uns. Dienstbeflissen betreute sie die Kundinnen oder kümmerte sich äußerst penibel um die Ware.
Sie verstand es unglaublich gut, selbst Damen, deren Gestalt und Antlitz wenig Hoffnung und Möglichkeit auf Verschönerung Anlass boten, vorteilhaft anzukleiden. Ihr eigenes Aussehen trat dabei völlig in den Hintergrund. Sie wirkte fast etwas

ungepflegt. Ihr schwarzes Haar war streng zurückgesteckt und meistens fettig, das Gesicht ungeschminkt und leicht verschwitzt, die Fingernägel unlackiert. Gewöhnlich hatte sie ein durchgehendes, ärmelloses Kleid an, in blassem Ton, der sich kaum von der Hautfarbe abhob. Es war, als wolle sie alle Aufmerksamkeit nur auf die Ware lenken. Beispielhaft fachkundig beriet und überzeugte sie ihre Kundinnen. Wenn sie bedient hatte, konnte die Chefin sicher sein, dass die Kundschaft mit erfüllten Erwartungen und hoch zufrieden das Geschäft verließ, das sie für die nächste Festlichkeit so exzellent ausgestattet hatte.

Das Angebot war aber auch überwältigend. Sorgsam in Schutzhüllen gebettet reihten sich die Kostbarkeiten in den edelsten Materialien, in den ungewöhnlichsten Farben und Formen, in allen Längen, mit oder ohne Boa, Stola, Jäckchen, Cape oder Mantel. Manche Modelle warteten schon Jahre auf ihren Verkauf. Man sah es ihnen nicht an. Ausgebürstet, auffrischend gebügelt, die fehlenden Pailletten angenäht, geplatzte Nähte geschlossen, von Make-up-Spuren gesäubert, in sauberer Hülle geschützt, hingen sie bereit.

Wenn es einer schaffte diese Ladenhüter zu verkaufen, dann war es Frau Graf. Während die anderen Kolleginnen dazu neigten, die neuesten Modelle zu präsentieren, griff sie, wenn es sich anbot, auf die alten Stücke zurück.

„Ich habe hier ein Kleid", sie entfernte die Plastikhülle, „ein französisches Modell, das ist wie für

Sie gemacht", pries sie die Ware an, indem sie den Rock schwingend über den Teppichboden zog, während das Oberteil fast waagerecht auf ihren Armen ruhte.

Die Schwierigkeit war nun, die Kundin davon zu überzeugen, dass eine Anprobe des gezeigten Stückes unbedingt notwendig war.

„Am Körper sieht es wunderschön aus. Da kommt die Stickerei am Dekolleté erst richtig zur Geltung", versprach sie, liebevoll die eingearbeiteten Perlchen streichelnd.

„Na gut, ich ziehe es mal an."

„Kommen Sie", ging Frau Graf voraus, zog den Vorhang der Umkleidekabine zur Seite und hängte das Abendkleid mit geöffnetem Reißverschluss zum Anziehen bereit an den Garderobenhaken.

„Bitteschön!", überließ sie der Kundin die Kabine. Rücksichtsvoll wartete sie davor, um auf jeden Fall beim Anprobieren behilflich sein zu können.

„Warten Sie, ich helfe Ihnen", zog sie den langen Reißverschluss im Rücken zu und bat die Dame darum aus der Kabine zu treten, im Vorraum sei mehr Platz.

„Schauen Sie nur, wie diese zarte Farbe ihrem Teint schmeichelt."

„Ja!" Die Kundin war tatsächlich entzückt über ihr Aussehen. Doch mit dem Sitz, sie betrachtete sich skeptisch von der Seite im großen Standspiegel, schien sie noch nicht ganz zufrieden zu sein. Das Material hing wie ein Lappen an ihr. Die Oberweite entsprach eigentlich nicht ihrer Kleidergröße.

„Den Abnäher setzen wir etwas höher", griff meine Kollegin raffend in den Stoff und steckte mit Nadeln auf die richtige Weite ab.

„So sitzt es perfekt!", beteuerte sie ohne einen Widerspruch zu dulden.

„Meinen Sie?", wollte die Dame überzeugt werden.

„Besser könnte es nicht sein!", schwärmte Frau Graf und zog einen zweiten Spiegel auf Rollen heran.

„Sehen Sie nur, wie wunderschön der Seidensatin in der Rückenpartie fällt. Die Länge sollten wir vielleicht ein kleines bisschen kürzen. Aber das ist gar kein Problem."

Schon rutschte sie auf Knien um die Kundin herum, um den Saum an Ort und Stelle umzuschlagen und festzustecken. Dann stand sie wieder auf, trat einen Schritt zur Seite und blickte zusammen mit der Kundin in den Spiegel.

„Ist das nicht ein Traum?", begeisterte sie sich.

Niemals hätte einer von uns gedacht, dass dieser Fetzen tragbar sei. Tatsächlich! Erst angezogen entwickelte das Teil seine Wirkung.

Und der Gesichtsausdruck der Kundin begann sich zu verändern. Sie ließ sich von der Begeisterung der Verkäuferin beeinflussen. Eitel ging sie vor dem Spiegel auf und ab, drehte sich, beugte sich vor, trat ganz nahe an den Spiegel heran und einige Schritte wieder zurück.

„Es ist wirklich sehr schön, was kostet es denn?"

Frau Graf, die den Preis auswendig wusste, ließ sich Zeit, schaute auf das Preisschild und bereitete auf die ungeheuren Kosten vor:

„Das ist Haute Couture, gnädige Frau, das kostet schon entsprechend. Aber dafür ist es auch ein außergewöhnliches Modell, ein Einzelstück. So etwas kann sich allerdings nicht jeder leisten. 1289,00 DM."

Die Kundin wollte sich natürlich nicht die Blöße geben, dass ihr das Stück zu teuer sei. Schließlich war es Mode aus Paris, etwas Besonderes, das hatte natürlich seinen Preis. Und sie überprüfte ihr Aussehen noch ein letztes Mal im Spiegel.

„Gut, ich nehme es", entschied sie sich.

„Ich rufe die Schneiderin."

Und als dann noch die Chefin, die zufällig vorbeikam, stehen blieb und entzückt über das Aussehen der Dame die Hände zusammenschlug und rief:

„Gnädige Frau, das steht Ihnen ja ausgezeichnet! Da haben Sie sehr gut gewählt. Ja, unsere Frau Graf kennt sich aus. Ich hoffe, es ist alles zu Ihrer Zufriedenheit?", fühlte sich die Kundin in Ihrer Entscheidung bestätigt und erwiderte:

„Oh, ja. Haben Sie vielen Dank. Ich bin sehr gut bedient worden."

Neugierig wandte ich mich einmal an Frau Konrad, denn ich wollte mehr über diese Kollegin wissen, die solche Verkaufserfolge aufwies und sich dabei selbst so extrem unauffällig präsentierte.

„Frau Graf ist eine sehr gute Verkäuferin", lächelte die Freundin der Chefin.

Mehr Auskunft bekam ich nicht. Vielleicht war der Grund für unser gutes Betriebsklima, dass über Kolleginnen kaum gesprochen wurde. Erzählte man über sich selbst, wurde es nicht weitergegeben. Wurde einem etwas anvertraut, behielt man es für sich. Jeder wurde mit seinen Eigenarten und Unzulänglichkeiten respektiert und akzeptiert.

Jahre später, Frau Graf war schon lange nicht mehr bei uns tätig, erfuhr ich, dass sie nicht wie die anderen nur nach Stundenlohn bezahlt worden war, sondern zusätzlich auf Provisions- und Prämienbasis gearbeitet hatte. Die Chefin hatte ihr diese Sonderstellung eingeräumt um ihr zu helfen, den Schuldenberg abzutragen, der sich durch den verschwenderischen Lebenswandel des Ehemannes aufgebaut hatte.

5.

Diese besondere soziale Ader meiner Vorgesetzten konnte man immer wieder beobachten. Sie schien im krassen Gegensatz zu ihrer Geschäftstüchtigkeit zu stehen, die sich durch außerordentliches Verhandlungsgeschick, knallhartes Kalkulieren beim Einkauf, Mut zu Expansion und Innovationen, Anforderungen und Strenge gegenüber dem Personal, Bezahlung von geringen Löhnen und Teilzeitbeschäftigung auszeichnete. Ausgeprägt war ihre besondere Menschenkenntnis. Klug wusste sie selbst verborgene Fähigkeiten der Mitarbeiter aufzuspüren und sich zu Nutze zu machen. Unerbittlich und mit eiserner Selbstdisziplin verfolgte sie dabei ihr eigenes Geschäftsinteresse. Ihre Angestellten wurden mit einbezogen in ihre Vorstellungen und Visionen von einer exzellenten Damenboutique.

Auf Hochform lief sie auf, wenn sie sich als Lehrherrin beweisen konnte. Gewöhnlich fanden ein oder zwei Lehrmädchen bei ihr einen Ausbildungsplatz. Nach erfolgreicher Lehre wurden sie durch neue ersetzt.

Eine Chance auf eine Lehrstelle hatten bei ihr nur Mädchen, die den Anschein erweckten, nicht bis drei zählen zu können. Möglichst verängstigt, unerfahren und unsicher sollten sie sein. Schönheit spielte keine Rolle. Unförmig, verpickelt und ungepflegt, altmodisch und ärmlich gekleidet traten sie ihre Lehre an. Ihr Erscheinungsbild passte überhaupt nicht zu der edlen und eleganten Ausstattung des Modehauses mit hochwertiger Damenkonfektion. Weit entfernt von den vornehmen Manieren und dem gewählten Umgangston des übrigen Personals konnten diese jungen Dinger doch unmöglich auf die anspruchsvolle Kundschaft losgelassen werden. Jeder andere Arbeitgeber hätte solche armen Kreaturen mit ihrem Anliegen erst gar nicht vorgelassen. Doch unsere Chefin hatte ein Herz für Benachteiligte und ihr soziales Engagement wuchs mit der Schwierigkeit des Lehrauftrages. Bei ihr lernte man, wie sie es selbst auf ihrer beruflichen Laufbahn wohl auch erfahren hatte, von der Pike auf.

Sauberkeit war oberstes Gebot. Im ersten Lehrjahr stand deshalb die Säuberung des Geschäftes auf dem Programm. Zwei Stunden vor Ladenöffnung waren die Schaufensterscheiben abzuziehen und die Straße um den Laden herum zu kehren. Die Eingangstür musste blitzen. Die Teppichböden waren zu saugen. Die unzähligen Spiegel mussten mit klarem Wasser und einem die Reinigung verstärkenden Spritzer Brennspiritus gewischt und mit Zeitungspapier trocken gerieben werden.

Zur Ladenöffnung hatte die Putzarbeit in den Verkaufsräumen abgeschlossen zu sein. Aber auch die Schneiderei und das Büro, der kleine Aufenthaltsraum unter der Treppe für das Personal und die Toilette mussten in Ordnung gebracht werden. Bis zur Mittagspause wollte die Chefin unbedingt diese Arbeitsaufträge erledigt wissen, um die Lernenden zu sich mit nach Hause nehmen zu können. Am späten Nachmittag saßen die Mädchen gelegentlich bei ihr im Büro. Die kaufmännische Berufsschulausbildung unterstützend kontrollierte sie die Hausaufgaben, fragte ab, erläuterte Wissenswertes in Warenkunde.

Im Laufe der Zeit vollzog sich bei den Lehrlingen eine bemerkenswerte Verwandlung in Aussehen, Benehmen und Redefähigkeit. Wenn sie schließlich gelernt hatten, wie man sich vorteilhaft kleidete, frisierte, schminkte, manikürte und immer peinlichst genau auf Körperreinigung und Mundpflege zu achten, um jeglichen unangenehmen Geruch erst gar nicht aufkommen zu lassen, durften die Mädchen als ihre Begleitpersonen mit in den Verkauf. Sie hatten dem Verkaufsgespräch zuzuhören, Ware zu reichen und wieder wegzubringen, der Kundschaft beim Umkleiden behilflich zu sein. Und wenn die Chefin es dann schließlich wagte, der Auszubildenden eine Kundin anzuvertrauen, blieb sie in unmittelbarer Nähe, um hilfreich eingreifen zu können, wenn die Unerfahrene im Begriff war Fehler zu machen.

„Kann man diesen Stoff waschen?"

„Ööh! Isch glaab nät."

„Entschuldigen Sie, wenn ich mich einmische. Fräulein Marianne ist bei uns in der Lehre. Schau mal, Kindchen, Hinweise zur Pflege sind stets links am Innenfutter angebracht."

Und wenn der Verkauf beendet und die Kundschaft außer Reichweite war, donnerte sie dann aber doch los:

„Wie oft habe ich Ihnen schon gesagt, dass Sie hochdeutsch zu sprechen haben. Also bitte, meine Dame, beherzigen Sie das endlich. Und fragen Sie die Kolleginnen, wenn Sie etwas nicht wissen!"

Die Unterweisungen und Tipps, die sie zum Umgang mit den Kaufinteressenten gab, ließen mich immer wieder mithören. Da war manches dabei, was ich so vorher noch nie beachtet hatte:

„Das Wichtigste ist, dass die Kundin gut beraten wird. Sie muss heute nicht unbedingt kaufen. Gefällt es ihr bei uns, wird sie wiederkommen. Es darf

Ihnen kein Aufwand zuviel sein. Zeigen Sie auch unverbindlich mal ein Accessoire dazu. Wenn die Dame einen Rock kaufen will, bieten Sie ihr dazu auch eine passende Bluse oder eine Strickjacke an. Seien Sie kreativ! Denken Sie mit! Und vor allen Dingen bleiben Sie immer geduldig, höflich und hilfsbereit! Selbst wenn Kundschaft erst fünf Minuten vor Ladenschluss das Geschäft betritt, bedienen Sie sie. Und wenn es bis acht Uhr dauert, das ist egal, der Kunde ist König, merken Sie sich das!"

Dass diese zusätzliche Arbeitszeit aber nicht vergütet wurde, war selbstverständlich. Keiner von uns wagte den Wunsch nach Bezahlung von Überstunden vorzubringen. Man wäre mit Sicherheit auf Unverständnis und Verärgerung gestoßen.

„Wie kann man nur so blöd sein! In unserem Betrieb wird jede Überstunde vergütet. Da sorgt schon die Gewerkschaft dafür. Das ist tariflich geregelt", war alles, was mein Mann dazu meinte.

Eine Gewerkschaft für Verkäuferinnen im Einzelhandel? Davon wusste ich nichts. Aber ich arbeitete auch gerne mal länger ohne zusätzlichen Lohn. Hauptsache war, ich durfte mich überhaupt in diesem eleganten Geschäft bewähren.

6.

Ausgerechnet Frau Burckhardt, die herzlichste von allen Kolleginnen, begann sich über die wachsenden Anforderungen an ihrer Arbeitsstelle, den mageren Lohn und die zunehmend geringer werdende Anerkennung ihres Arbeitseinsatzes zu beklagen.

Dank einer guten Konjunktur waren die Geschäftsräume inzwischen umgebaut, modernisiert und erweitert worden. Der Verkauf war trotz Bauarbeiten weiter gegangen und die Ware hatte dabei dauernd umgeräumt und vor Schmutz geschützt werden müssen. Die Wege, die nun in den neuen Verkaufsräumen zurückgelegt werden mussten, das ständige Treppauf Treppab schienen meine Kollegin anzustrengen. Die vergrößerten Auslageflächen, die in kürzeren Zeitabständen als bisher neu zu dekorieren waren, bedeuteten für sie immense Mehrarbeit bei unveränderter Arbeitszeit.

Im Schaufenster ging ich ihr, ab und zu zusammen mit einem Lehrmädchen, inzwischen kräftig zur Hand.

Sie war eine großartige Dekorateurin. Während sie auf dem kalten Schaufensterboden saß und die Kleidungsstücke mit Seidenpapier ausstopfte, um sie danach an Plexiglasstangen aufgerichtet mit angesteckten Nylonfäden in alle Himmelsrichtungen zu spannen, erzählte sie manchmal ein bisschen von sich. Verheiratet sei sie. Ein Haus hätten sie gebaut.

„Ach, geben Sie mir mal bitte die braune Hose!",
ließ sie sich dann aber nicht von der Arbeit abhalten,
„wo ist denn jetzt schon wieder der Hammer?"
Ich reichte ihn ihr. Sie zog eine Dekorationsnadel
aus dem Nadelkissen an ihrem Arm, steckte sie
durch die von ihr geknüpften Schlinge eines Fadens,
der an einem der Hosenbeine befestigt war, und
schlug sie mit dem Hammer an die Decke. Senkrecht
spannte sich nun das Stoffbein nach oben. Erneut
griff sie nach einer Nadel und war im Begriff sie
zwischen ihre Lippen gesteckt aufzubewahren, um
die Hände für den nächsten Handgriff frei zu haben.
Schnell zog sie jedoch den kleinen Metallstab wieder aus dem Mund.

„Das dürfen Sie nicht nachmachen! Das ist ganz
gefährlich! Da sind schon schlimme Unfälle passiert! Man vergisst, dass man die Dinger im Mund
hat und verschluckt sie aus Versehen. In meiner
Ausbildung habe ich erlebt, wie einer mit einem
Mund voller Stecknadeln von der Leiter gefallen ist.
Der musste ins Krankenhaus."

Die Vorstellung, dass sich Deko-Nadeln durch die
Lippen spießen oder Gaumen und Luftröhre auf-
schlitzen, war abschreckend. Sorgsam besteckte ich
den blauen Samt eines zweiten Nadelkissens mit den
kräftigen Stecknadeln und klemmte die daran ange-
brachte Metallspange über meinen linken Unterarm.

Frau Burckhardt unterbrach ihre Arbeit. Sie kniff
die Augen zusammen.

„Was ist?"

„Mir geht es nicht gut."

Gekrümmt stieg sie aus dem Fenster. Nach vorne gebeugt, mit einer Hand auf ihrem Unterleib, humpelte sie auf mit Stoff umwickelten Füßen, ihren Schaufensterschuhen, zum Aufenthaltsraum. Zum Glück konnte ich ihre Arbeit im Schaufenster fortsetzen. Sie hatte mir schon viele Handgriffe beigebracht.

Nach zehn Minuten krabbelte sie wieder zu mir in die Auslage.

„Besser?"

„Habe eine Tablette genommen."

Alle vier Wochen hatte sie diese Schmerzen, das kannte ich schon. Da wurde sie jedes Mal schneeweiß im Gesicht und konnte nicht mehr aufrecht stehen. Wenn sie gerade bediente, mussten wir sie ablösen. Die Beschwerden traten immer krampfartig und in Intervallen auf.

„Mein Arzt meint, wenn ich ein Kind bekäme, das würde vielleicht helfen."

„Haben Sie noch keine Kinder?", fragte ich neugierig und fühlte mich einen kleinen Moment recht überlegen, als Mutter einer fünfjährigen Tochter.

Meine Kollegin drehte den Stiel einer Blume aus Krepppapier.

„Bis jetzt noch nicht. Die Bauerei! Mit Kindern wäre das gar nicht gegangen. Erst wollten wir alles fertig haben."

Das Haus in Waldhilsbach war schon lange fertig. Sogar Kinderzimmer waren eingerichtet. Gerade neulich hatte sie uns Bilder gezeigt. Wunderschön. Fast alles hätten sie selbst gemacht. In jeder freien

Minute, an jedem Wochenende, in jedem Urlaub. Tag und Nacht hätten sie gearbeitet. Es hat sich gelohnt. Und erst der Garten, schon richtig eingewachsen. Farbenfrohe Blumenrabatten aus winterharten Stauden zwischen Strauch- und Baumgruppen begrenzten eine große unkrautfreie Rasenfläche gleich hinter der in Bruchmarmor angelegten Terrasse. Platz hatten sie. Viel, viel Platz. Aber sie wurde nicht schwanger. Dabei liebte sie Kinder über alles. Jedes Mal, wenn eine Kundin mit Kinderwagen den Laden betrat, stürzte sie hinzu und bot an, sich um das Kleine zu kümmern, während die Mami anprobierte. Da kam es vor, dass sie ein Baby sogar aus dem Wagen nehmen und es behutsam auf den Armen wiegen durfte. Und kaum konnte der Nachwuchs schon erste Schritte machen, führte sie ihn an der Hand herum und schließlich zur Kasse, neben der in einem großen Glas eingewickelte flache Kaubonbons nicht nur für kleine Naschkatzen bereitstanden.

Frau Burckhardt befestigte die riesige Papierblume zwischen einer Kleidergruppe, lehnte sich zurück bis zur Schaufensterscheibe, um mit etwas Abstand ihre künstlerische Gestaltung überprüfen zu können. Sie kaute auf ihrer Unterlippe, während sie ihr Werk betrachtete. Noch war sie nicht zufrieden.

„Da ist ein Loch. Da könnte eine der roten Taschen passen. Könnten Sie mir bitte mal eine holen?" Und während ich dem Auftrag nachkam, balancierte sie zwischen den gespannten Nylonfäden der dekorierten Textilien zum nächsten freien Platz, auf dessen Boden schon vorsortierte Ware zur Dekoration bereit lag. Sie gönnte sich keine Pause.

„Soll die hier hin?", hielt ich die Tasche an die entsprechende leere Stelle.

„Ja. Genau richtig, und in den Haltegurt machen Sie einen Knoten. Da können Sie auch noch einen Schal mit einfließen lassen und vielleicht Schmuck dazu legen?"

Geschickt hatte sie bereits die nächste Gruppe drapiert.

Der weiße Mercedes der Chefin fuhr vor der Seitenauslage vor. Auch Frau Burkhard hatte es gesehen.

„Ich bin mal gespannt, wie ihr das Fenster gefällt."

Wir arbeiteten beide geschäftig weiter. Aus den Augenwinkeln sahen wir unsere Chefin an der neuen Dekoration vorbeihasten. Nur flüchtig warf sie einen Blick auf uns, strebte zur Eingangstür, durchschritt eilig den Verkaufsraum und verschwand über die Treppe nach oben.

„Ist wohl nicht begeistert", bemerkte meine Kollegin.

„Das kann ich mir nicht vorstellen, das Fenster ist doch so toll!"

„Warum sagt sie dann nichts?", fragte sie enttäuscht, „früher ist sie immer stehen geblieben und hat sich alles angeschaut. Sie hat ja nicht einmal hingeguckt."

„Seit dem Umbau ist sie nur noch in Eile. Ich glaube, mit der Geschäftsvergrößerung hat sie sich zuviel aufgehalst."

„Warum? Das Geschäft geht doch gut. Da kann sie sich nicht beklagen."

„Trotzdem. Jetzt haben wir schon zwei Schneiderinnen, eine zusätzliche Bürokraft und drei Lehrmädchen. Ein bisschen viel Personal, oder?"

„Das finde ich nicht. Im Verkauf könnten wir auch noch jemanden gebrauchen. Dauernd geht sogar meine Mittagspause drauf. Wann ich das Dekorationsmaterial zusammentragen soll und wie viel Zeit mir für die Dekorationsvorbereitung bleibt, ist ihr völlig egal."

„Zu mir hat sie neulich gemeint, dass ich Sie im Fenster unterstützen soll. Und das neue Lehrmädchen hilft Ihnen doch auch."

„Tja, sehr einfach. Das darf ich auch noch übernehmen, die Ausbildung von einem Lehrmädchen. Wissen Sie, wie viel Mehrarbeit das ist? Ich würde es ja gerne machen, aber wann? Soll ich deswegen meine Kundschaft vernachlässigen? Meine Stammkundschaft, die ich mir jahrelang aufgebaut habe? Ich kann nicht mehr! Ich bin hier ständig eingespannt. Das ist mir zuviel! Wenn sie einen wenigstens gescheit bezahlen würde. Aber das Gehalt hier ist lächerlich. Mindestens das Dreifache würde ich verdienen, wenn ich als freie Dekorateurin arbeiten würde."

„Haben Sie mal mit ihr geredet?"

„Ach, natürlich. Ich bin jetzt acht Jahre in diesem Betrieb. Nur eine Gehaltserhöhung gab es bisher."

Ihre großen, fast derben Hände, die verrieten, dass sie wie ein Mann handwerklich zupacken konnte, rieben energisch die eng anliegenden, vom Sitzen hoch gerutschten schwarzen Hosen wieder in die richtige Position, bevor sie das Schaufenster verließ.

„Kommen Sie, wir gucken mal, wie es geworden ist", forderte sie mich auf. Und als wir auf der gegenüberliegenden Straßenseite standen und das großartige Gesamtbild ihres fachmännischen Könnens begutachteten, legte sie freundschaftlich den Arm um mich und strahlte mich herzlich an:

„Haben wir gut gemacht, oder?"

„Und ob! Aber nicht wir. Sie!!!"

7.

Als hätte die Chefin Frau Burckhardts Wunsch nach Verkaufsverstärkung gehört, sie stellte eine Neue ein. Sie hatte mit der Dame lange in ihrem Büro gesessen. Wir ahnten schon, dass es um eine Neueinstellung ging, denn andere geschäftliche Unterredungen fanden überwiegend mit Herren statt: Vertretern der Modebranche mit Vorführware im Gepäck.

Das erste Mal traf ich sie im winzigen Verschlag unter der Treppe, in unserem Aufenthaltsraum.

„Möchten Sie auch eine Tasse Kaffee?", fragte ich sie, während ich nach der Thermoskanne griff, die Frau Konrad für uns gerichtet hatte.

„Oh, vielen Dank, aber ich trinke nur Tee."

Sie zog eine Schachtel mit Teebeuteln aus einer Einkaufstasche und sah sich suchend nach Wasser um. Ich deutete zu dem Regal neben der Tür.

„Den Topf dort können Sie benutzen. Wasser müssen Sie sich aus der Toilette holen."

Sie wird wohl um die vierzig gewesen sein und hatte eine gute Figur. Kleidergröße 38. Das Wickelkleid aus dunkelblauem Jersey schmiegte sich an ihren Körper und betonte vorteilhaft ihren Busen, die schmale Taille und eine frauliche Hüftpartie. Wunderschön geformte Beine hatte sie und ihre Hände waren langgliedrig und zart. Während sie auf das Kochen des Wassers wartete, kamen wir ins Gespräch. Frau Mertens hieß sie. Kleine Fältchen um die Augen ließen zunächst vermuten, dass sie viel lachte. Aber das täuschte. Ihr Blick war alles andere als fröhlich. Sie hängte den Teebeutel in eine große Tasse und befestigte den Faden am Henkel. Hellgrüner Lidschatten über sorgsam getuschten Wimpern passte gut zu ihrem kastanienbraunen Haar. Vorsichtig schüttete sie das heiße Wasser über den Teebeutel und setzte sich zu mir an den kleinen Tisch, an den höchstens drei Personen passten. Ausgeprägte steile Zornesfalten zwischen den Brauen und waagrechte Furchen auf der Stirn, wie auch der etwas bittere Ausdruck um die Mundwinkel wiesen darauf hin, dass sie wohl schon viele negative Erfahrungen gemacht hatte.

„Ich suche dringend eine Wohnung. Wissen Sie vielleicht was?"

„Wie groß soll sie denn sein?

„Ein bis zwei Zimmer würden mir reichen."

Mit dem Teelöffel drückte sie immer wieder gegen den Aufbrühbeutel, als könne sie den Ziehprozess dadurch beschleunigen.

„Ich kann mich mal umhören. Haben sie schon die Kolleginnen gefragt?"

„Die große blonde Dame, Frau…?", sah sie mich fragend an.

„Frau Burckhardt?"

„Ja, ich glaube Burckhardt, sie will sich erkundigen."

Ich stand auf.

„So auf die Schnelle wird das nicht einfach sein. Wir haben zwei Jahre gebraucht, bis wir was Passendes gefunden haben."

„Oh Gott, was soll ich nur machen? Zurzeit wohne ich im Hotel. Das wird mir auf die Dauer zu teuer."

„Meine Pause ist um."
Nervös schaute sie auf ihre Uhr.

„Ach, du meine Güte! Meine auch gleich. Mein Tee ist noch gar nicht fertig."

Ich betrat den Verkaufsraum und sah sofort, dass eine junge Dame noch nicht bedient wurde.

„Kann ich Ihnen behilflich sein?"

„Ich suche einen Mantel."

„Schauen Sie hier!" Ich ging ihr voraus. Ihrer Kleidung nach schien sie Studentin zu sein. Geschnürte Stiefel, karierte Wollhose, lässiger Pulli in groben Maschen, der unter einer abgetragenen Lederjacke handbreit hervorschaute. Süßlicher Geruch umgab sie, wie man ihn bei den meisten jungen Leuten, die sich neuerdings am Brunnen vor der Heiliggeistkirche und in der Unteren Straße trafen, wahrnehmen konnte, ging man nah an ihnen vorbei. Ihr wird bestimmt die Ware gefallen, die die Chefin gerade auf Straßenmärkten in Paris ergattert hatte. Ihre 15-jährige Tochter Natalia, die in der französischen Schweiz ein Internat besuchte, hatte sie angestachelt auch mal etwas Flippiges zu ordern, mit der Zeit zu gehen, nicht nur teuere exklusive, gediegene Damenmode anzubieten, sondern das Angebot für die vielen internationalen jungen Menschen in Heidelberg zu erweitern. So hing neuerdings zwischen edler, eleganter und zeitloser Ware auch in Material und Schnitt aufreizend Revolutionäres, wie schmale Op-Art-Minikleider aus modernsten Chemiefasern in klaren, geometrischen Mustern in kontrastreichen Farben.

Der neueste Schrei war der Mantel mit Kapuze aus minderwertiger wiederverarbeiteter Reißwolle, inspiriert von der Mode im Kinohit „Doktor Schiwago", einer Verfilmung des gleichnamigen Buches vom Nobelpreisträger Boris Pasternak. Das Kleidungsstück gefiel der jungen Frau auf Anhieb. Und dazu noch ein langer handgestrickter Schal mit passenden Handschuhen.

Die Sachen waren auch nicht teuer, da ließ sie sich noch zu einer Umhängetasche aus Kaninchenfell überreden.

Frau Mertens hatte den Verkauf beobachtet und nutzte den nächsten freien Moment:

„Der Mantel ist ja toll!" Hastig durchsuchte sie die Mäntel auf der Mantelstange nach dem Modell in ihrer Größe. Sie hatte Glück. Schnell schlüpfte sie in die neue Ware und betrachtete sich im Spiegel, während sie geschickt die gekordelten Ösen über die entsprechenden Knöpfe schob und sich die mit Hasenfell besetzte Kapuze über den Kopf stülpte.

Meine Kolleginnen und ich bedienten und Frau Mertens war für den nächsten eintreffenden Kunden zuständig. Die Tür öffnete sich und eine elegante Dame betrat das Entree. Gewöhnlich wurde bereits hier der Besucher vom Personal begrüßt und nach seinen Wünschen befragt. Frau Mertens war sich einen Augenblick unschlüssig, ob sie der Dame entgegengehen konnte, schließlich war sie selbst im Straßenmantel. Nervös zerrte sie an den Verschlüssen, die sich nicht so leicht wieder öffnen ließen. Frau Konrad rettete die Situation und übernahm das Bedienen der neuen Kundin. Mit rotem Kopf verschwand Frau Mertens in einer Umkleidekabine, entledigte sich des Kleidungsstückes, versuchte ihre derangierte Frisur wieder in Ordnung zu bringen, hängte gleich darauf das probierte Teil wieder zu der Verkaufsware und beeilte sich Frau Konrad zu entlasten.

„Frau Mertens wird Ihnen weiterhelfen", entschuldigte sich Frau Konrad bei der Kundin und zog sich diskret zurück, nachdem sie ihre Kollegin über die Wünsche der Dame informiert hatte.

Nur wenige Tage nach diesem Vorfall wurden wir nach Feierabend zu einer kleinen Besprechung gebeten. Unsere Chefin machte uns klar, dass es dem Personal nicht gestattet sei, während der Arbeitszeit Ware anzuprobieren.

Ein monatlicher Einkaufsrabatt von 15 Prozent könne im Übrigen nur bei einem Warenwert bis 100 DM gewährt werden. Bei jedem weiteren Einkauf gelte der volle Verkaufspreis.

„Wie könnt ihr denn mit euren Hungerlöhnen überhaupt in dieser Apotheke einkaufen?", wunderte sich mein Mann über die neuen Unterweisungen, von denen ich ihm erzählte. „Aber anständig angezogen sollt ihr sein? Was erwartet die Gnädige denn?"

„Für mich ist das kein Problem. Ich nähe mir ja meine Sachen selbst. Und außerdem, nicht alle haben so wenig Geld wie wir. Frau Richard, zum Beispiel, kauft sich ständig etwas Neues. Egal, was es kostet und ob sie es billiger bekommt. Ich glaube, sie geht nur arbeiten, weil es ihr zu Hause zu langweilig ist."

„Hast du mir nicht neulich erzählt, dass sie zwei Kinder hat?"

„Ja, aber die sind doch schon vierzehn und sechzehn."

„Trotzdem! Eine Frau gehört ins Haus!"

„Wir haben doch auch ein Kind und ich gehe arbeiten."

„Schlimm genug!"

Musste ich ein schlechtes Gewissen haben? Unserem Kind ging es gut. Ich kümmerte mich doch wirklich um alles. Auch die Wohnung war immer sauber und aufgeräumt und seine Wäsche lag griffbereit im Schrank. Sogar die Schuhe putzte ich ihm.

8.

„Erschrecken Sie bitte nicht, wenn Sie in den Aufenthaltsraum gehen", kam mir Frau Mertens, als ich den Modesalon betrat, schon an der Tür entgegen.

„Was ist denn los?", wunderte ich mich über meine Kollegin, die mich auf dem Weg zur Personalkammer begleitete, „ich will nur schnell meine Tasche abstellen."

„Ja, ja, ich weiß, Frau Brenner, Kleopatra macht nichts, nur keineAngst!"

Merkwürdig, welche Namen sich die Leute ausdenken. Wer ist Kleopatra?

Meine Kollegin beeilte sich noch vor mir zum Aufenthaltsraum zu gelangen. Sie öffnete vorsichtig nur einen Spalt breit die Tür und vergewisserte sich, ob sie mich hineinlassen könne.

„Sie schläft. Kommen Sie!"

Neugierig betrat ich nach Frau Mertens den Raum. Unter dem Tisch lag ein riesiges Tier. Es streckte uns sein Hinterteil entgegen, den langen Schwanz sorgsam den Hinterlauf verdeckend an der Körperseite angelegt. Es war so groß, dass sein Kopf für uns nicht mehr sichtbar unter dem angrenzenden Stuhl Platz fand. Solch einen Hund hatte ich noch nie gesehen. Sein Fell war hellbraun bis rötlich und der ganze Körper mit schwarzen Tupfen überzogen, die am Schwanz so dicht zusammen lagen, dass man meinte, er sei gestreift.

„Ein Dalmatiner ist das aber nicht", war ich mir sicher.

„Kleopatra ist doch kein Hund!", lachte Frau Mertens, „komm Kleolein, zeig dich mal!" und zog den Stuhl über dem Kopf des Tieres zur Seite. Schläfrig räkelte sich das Wesen, dehnte Vorder- und Hinterläufe, spreizte die Zehen. Für einen kurzen Augenblick blinkten kräftige sichelförmige Krallen auf. Es drehte sich zutraulich auf den Rücken, reckte den langen Hals und presste den Hinterkopf fest auf den Boden. Weit öffnete es mit einem langen Gähnen sein gefährlich bezahntes Maul. Danach streckte es seiner Herrin mit geschlossenen Augen die Schnauze entgegen, als wolle es geküsst werden.

„Eine Raubkatze? Ein Leopard?"

„Ja, ein Jagdleopard. Ein Gepard! Gell Kleo? Ein ganz hübscher Gepard bist du!"

Und um die Schönheit des Lebewesens zu unterstreichen, kniete sie sich zur Katze nieder und ihre Hände massierten vom Hals bis zur Schwanzspitze den geschmeidigen Körper. Wie das dem Tier gefiel! Es begann laut zu schnurren. Dumpf und tief, wie das Aufspulen an einer alten Nähmaschine, klang es durch den kleinen niederen Raum.

„Ist er nicht gefährlich?"

„Nein, sie ist ganz zahm! Mein Liebling tut niemandem etwas!"

Zum Beweis steckte sie ihre Nase in das Fell gleich unter dem rechten Ohr und küsste die rechte Lefze des Raubtieres, das die Prozedur über sich ergehen ließ und die Schnurrbarthaare flach an die Wangen legte. Obgleich ich Katzenliebhaber und selbst im Besitz zweier wunderschöner Hauskatzen war, hatte ich großen Respekt vor dieser mir bisher nur hinter sicheren Gehegegittern im Zoo begegneten Rasse.

„Sie können sie ruhig streicheln", forderte mich meine Kollegin auf und das Tier erhob sich, als wolle es mir das Niederbücken zu ihm ersparen.

Es hatte verdammt lange Beine und seine Körpergröße erreichte im Stand die Hälfte meiner eigenen Einmetersechzig. Beruhigt sah ich zu, wie Frau Mertens der Katze ein metallenes Gliederhalsband anlegte. Die daran mit einem Karabinerhaken befestigte Kette unterstrich die Möglichkeit zum kraftvollen Eingreifen bei einem eventuell angestrebten Versuch eines nicht zu duldenden Alleinganges des Jagdtiers.

„Na, ich weiß nicht", zögerte ich. Aber das Raubtier lehnte mit seiner Flanke vertrauensvoll an meiner Hüfte und hatte nur Augen für seine Herrin.

„Nur keine Angst, sie macht Ihnen schon nichts", kraulte sie ihr ungewöhnliches Haustier hinter den buschigen runden Ohren. Vorsichtig strich ich der großen Katze, deren Gestalt eher einem Hund mit Katzenkopf glich, über den Rücken. Das Fell war kurz, glatt und dicht. In unserer Aufenthaltskammer roch es nach Raubtierkäfig.

„Jetzt gehen wir Gassi, gell, mein Schatz?"

Schon war sie mit ihrem Liebling an mir vorbei durch den Hinterausgang des Geschäftes davongeeilt.

„Eine tolle Überraschung, nicht?", nahm mich Frau Konrad im Verkaufsraum in Empfang und war sichtlich amüsiert über meinen ungläubigen Gesichtsausdruck.

„Haben Sie das gesehen?"

„Frau Mertens hat tatsächlich eine Wohnung bekommen. Gleich um die Ecke, in der Plöck. Gestern hat sie ihre Sachen und das Tier aus Stuttgart geholt. Eine Freundin hat es bisher versorgt. Zur Eingewöhnung hat sie die Katze heute mal mitgebracht. Das ist natürlich eine Ausnahme. Wir haben heute Morgen auch ganz schön gestaunt. Aber Kleopatra ist wirklich ein zutrauliches, liebes Geschöpf. Ich glaube, Frau Mertens hat es mit der Flasche großgezogen."

Unsere Chefin wusste natürlich von dem exotischen Hausbewohner ihrer neuen Angestellten. Auch duldete sie zunächst das oft von der üblichen Arbeitszeit abweichende Kommen und Gehen der Verkäuferin. Sie half der Frau, die sich ihr anvertraut hatte. Alle Brücken in Stuttgart hatte sie abgebrochen, sogar eine leitende Stellung in einem bekannten Konfektionshaus aufgegeben, nur um den gewalttätigen Schikanen ihres Ehemannes zu entfliehen. Drei Jahre musste sie von ihm getrennt gelebt haben, um eine Scheidung auch ohne sein Einverständnis erwirken zu können. Sie wird ihr über diese schwere Zeit hinweghelfen. Und sie war sich sicher, eine hundertprozentige Arbeitskraft dadurch zu gewinnen.

„Wenn Sie jemand nach mir fragt, sagen Sie um Gottes Willen nicht, dass ich hier arbeite", bat Frau Mertens mich einmal. Inzwischen hatte sie sich der gesamten Belegschaft anvertraut. Sie hatte ständig Angst, ihr Mann könne sie finden.

„Er glaubt, ich sei sein Eigentum. Wenn ich nicht zu ihm zurückkomme, wird er mich umbringen", befürchtete sie, „das hat er mir gedroht!"

„So schlimm wird es schon nicht sein", versuchte ich sie zu trösten.

„Ach, Sie wissen ja nicht, wozu er fähig ist", hauchte sie leise mit zittriger Stimme. Sie war aschfahl im Gesicht. Es war ihr anzusehen, dass sie sich an grausame Begebenheiten in ihrer Ehe erinnerte.

„Hier sind Sie in Sicherheit", beruhigte ich sie, „er weiß doch nicht, dass Sie nach Heidelberg gezogen sind, oder?"

„Nein, er denkt, ich bin in Stuttgart."

„Der Mann braucht doch bloß einen Detektiv auf sie anzusetzen. Was glaubst du, wie viele Frauen in der BRD leben mit einer Raubkatze zusammen? Da hat er sie doch gleich", bemerkte mein Mann und verhehlte nicht ein gewisses Verständnis für das Empfinden des verlassenen Ehemannes.

„Die Frau ist ja ganz schön naiv!", fügte er noch abfällig hinzu und zeigte keine Spur von Mitleid.

Meine Chefin hatte unsere Kollegin richtig eingeschätzt. Sie hatte sich sehr schnell eingewöhnt und fühlte sich in unserer Stadt sicher.

Ihre Katze blieb ohne Schwierigkeiten alleine in der Wohnung, während sie außer Haus war. Ihr reichte ein kurzer Auslauf während der Mittagspause ihres Frauchens, konnte sie sich doch darauf verlassen, regelmäßig genug Bewegung am dunkel werdenden Abend gleich über der Anlage im angrenzenden Wald zu haben. Die Neckarwiese wäre für sie auch von Interesse gewesen. Die vielen Enten und Schwäne auf dem Neckar hatten sie bei ihrem ersten Besuch in ihrem Jagdinstinkt beflügelt. Doch ihre Herrin konnte sie kaum bändigen, geschweige die vielen Hundebesitzer beruhigen, die ihr mit ihren aus Vorsicht an kürzester Leine gehaltenen Vierbeinern angstvoll auswichen. Auch zum Einkaufen wurde sie nicht mehr mitgenommen. Überall nur Erstaunen, respektvoller Abstand und ständig die ängstliche Frage:

„Tut der auch nichts?"

„Nein, Kleopatra ist ganz zahm!"

Die tröstliche Zweisamkeit mit der Raubkatze, der räumliche und zeitliche Abstand zu den belastenden Eindrücken ihrer zerrütteten Ehe halfen Frau Mertens schon sehr bald, das psychische Gleichgewicht wiederzuerlangen.

Von persönlichen Problemen war keine Rede mehr. Die wieder gewonnene Energie setzte sie in ihr Engagement am Arbeitsplatz ein. Sie profilierte sich verkaufstechnisch und erreichte im Nu eine Ebenbürtigkeit zu den anderen Ganztagskräften. Es zeichnete sich sogar eine Spur von Überlegenheit ab, war sie doch stets bereit auf Sonderwünsche ihrer Vorgesetzten einzugehen. Dabei störte sie aber keineswegs das Betriebsklima mit Überheblichkeit uns gegenüber. Sie war ausgesprochen nett, hilfsbereit und aufrichtig. Eine Bereicherung für unser Team.

9.

In diesem Arbeitsklima ließ es sich hervorragend arbeiten. Ich liebte es zu bedienen, zu beraten und zu verkaufen. Schon das Gefühl, gepflegt aussehend und mit guten Umgangsformen der Kundschaft gegenüberzutreten und dank des exquisiten Warenangebotes auch auf ausgefallene Wünsche eingehen zu können, verschaffte mir große Befriedigung.

Selbst bei starkem Andrang kam niemals Nervosität und Abgespanntheit auf. Schon die gleich bleibende freundliche Mimik, mit der wir professionell eigene Empfindungen zu überspielen wussten, verursachte eine beruhigende Atmosphäre, die sich in unserem Modesalon auf alle übertrug.

Unsere Kundschaft war vielfältig. Da hieß es feinfühlig und mit Augenmaß zu reagieren. Das erweiterte Sortiment unseres Angebots schwemmte die unterschiedlichsten Käufertypen in unseren Laden. Die Kaufkraft der Bevölkerung nahm zum Ende der Sechziger Jahre deutlich zu. Gepflegte Damenoberbekleidung boten inzwischen zahlreiche andere Unternehmen in Heidelberg an und die immer größer werdende Konkurrenz verlangte nach Extravaganz, nach etwas Besonderem, um sich zu behaupten. So berieselte von nun an leise Instrumentalmusik aus einer Musikanlage die Verkaufsräume. Die Chefin lud zuweilen während eines vertrauensvollen, fast privaten Gesprächs mit der Kundschaft zu einer kleinen Erfrischung ein.

Unser Firmenname, eingebettet in einer Pflanzenumrankung im Jugendstil, der, wieder neu entdeckt, hauptsächlich mit Werken von Aubrey Beardsley in Form von Plakaten Einzug in deutsche Haushalte hielt, verschönte neuerdings die Fensterscheiben in der ersten Etage. Schon vom Bismarckplatz aus wurde man auf unsere Boutique aufmerksam.

Jeder Besucher war uns willkommen. Zwei Gruppen galt es zu berücksichtigen.

Erstens, die wirklich Kaufwilligen mit echtem Anliegen. Hier ging der Beratung gewöhnlich ein taxierender Blick voraus. Welche Konfektionsgröße hat die Kundin? Welche Artikel sind für sie tragbar, passen zum Typ? Welche Modelle sind besonders vorteilhaft?

Zweitens die Bummelnden, sich des Kaufes Unschlüssigen. Sie wollten sich lediglich über Neuerscheinungen informieren, oder einfach nur schnuppern, die Atmosphäre genießen, die Langeweile vertreiben. Solche Kundschaft belagerte zunehmend unser Geschäft.

Es wurde üblich, unverbindlich einfach mal schauen zu wollen. Bisher hatte man dieses Anliegen sonntags bei einem Schaufensterbummel befriedigt.

Neuerdings musste das Personal abwägen, ob es sinnvoll war sich informierend einzubringen, um etwas zu verkaufen. Manchmal war es möglich mit geübtem Rollenspiel Kauflust zu wecken.

„Frau Burckhard, haben Sie die neu eingetroffenen Kleider aus Italien schon gesehen? Da müssen wir unbedingt für Frau Mayer gleich eins zurückhängen."

Die Liquidität der Kundschaft ließ sich allerdings nur selten abschätzen. Das äußere Erscheinungsbild sollte darüber wenig Aufschluss geben, wollte man nicht wie bei Kellers „Kleider machen Leute" einem Trugbild aufsitzen. Da konnte man schon manche Überraschung erleben. Für Damen, die auffallend außergewöhnlich gekleidet und in Parfumwolke schwebend beeindruckten, waren manchmal sogar niedrige Preise nicht erschwinglich. Während unscheinbare, oft altmodisch gekleidete, wie graue Mäuse erscheinende, unsicher, gehemmt und schüchtern wirkende Frauen sich zuweilen als äußerst zahlungskräftig erwiesen. Wie man sich täuschen konnte! Generell aber musste man immer auf der Hut sein, dass sich das Warensortiment nicht womöglich unbezahlt dezimierte.

Bei namentlich bekannten Kundinnen, die ihre Garderobe regelmäßig jeweils zum Jahreszeitenwechsel bei uns erneuerten, brauchten wir Diebstahl jedoch nicht zu befürchten.

Gleich nach der telefonischen Benachrichtigung:

„Guten Tag, Frau Dr. Schmelzer, hier Frau Burckhardt. Sie wollten informiert werden, sobald die neue Kollektion eingetroffen ist. Ich habe wunderschöne Teile für Sie reserviert. Zum Beispiel Prêt-à-porter-Modelle von Pierre Cardin: Ein traumhaftes Kostümchen mit Chiffonbluse in zartem Hellblau mit passenden Mantel. Und ein ganz schickes Kleid im Bonnie Look in Rot-Weiß. Aber Sie könnten es auch in Blau-Weiß haben. Wie Sie wollen. Dazu gibt es übrigens eine sehr raffiniert geschnittene Weste. Wie bitte? Gut, ich vermerke es, bis Anfang nächster Woche also. Bitte, bitte, keine Ursache, auf Wiedersehen!"

Die Dame wurde dann zum entsprechenden Termin schon erwartet. Nicht selten halfen wir uns gegenseitig beim Bedienen, in dem wir beim Betrachten mit fachkundigem Rat unterstützten. Oder wir reichten Ware zusätzlich, die ebenfalls dem Geschmack der Kundin entsprechen könnte. Da türmten sich oft Unmengen von Konfektionsteilen in und vor der Umkleidekabine, immer in Reichweite der auswählenden Kundin. Nie hatten wir Befürchtungen, ein Teil könnte abhanden kommen. Im Gegenteil, vertrauensvoll gaben wir sogar die Ware, wenn es gewünscht wurde, zur Auswahl mit nach Hause. Die Adresse war in unserer Kundenkartei festgehalten.

Danach warteten wir geduldig bis zu einer Kaufentscheidung auf die Bezahlung oder auf die Rückgabe der außer Haus gegebenen Kleidungsstücke.

Gute Verkaufserfahrungen ließen sich ebenso und zwar ausnahmslos mit Kundinnen aus dem horizontalen Gewerbe verzeichnen. Dabei machte es keinen Unterschied, ob sie in mühseliger Kleinarbeit oder in aufwendigem Luxus als mehrsprachige Begleitung auf Zeit ihrem Beruf nachgingen. Selbstbewusst und ohne Umschweife äußerten sie ohne Hehl ihre Wünsche:

„Isch such 'n Rock! Awer schä korz, zum Schaffe!"

„Ich brauche für den nächsten Kongress ein Cocktailkleid. Es muss aber tief ausgeschnitten sein."

Und während sie dankbar unsere Hilfe beim Anprobieren oder beim Zureichen annahmen, bewegten sie sich völlig ungeniert halbnackt vor unseren Augen in der Kabine, in auffallend schicken Dessous. Bediente man sie freundlich, ohne

Vorurteile, fassten sie schnell Zutrauen und redeten sich dann offen so manchen Kummer von der Seele.

Am meisten entsetzte mich das Schicksal einer jungen Frau, die von ihrem Zuhälter gezwungen worden war ein unerwünschtes Kind, das nicht mehr abzutreiben war, unter dem Mantel der Verschwiegenheit in Südamerika zu gebären und dort wegzugeben. Hauptsache war, dass sie mit makellosem Körper nach Deutschland zurückkehrte. Da stand sie nun, bildschön, in goldenem BH und Höschen, strich sich im Spiegel betrachtend über ihren wieder flachen, unversehrten Bauch und unterdrückte aufsteigende Tränen.

Was sollte ich dazu sagen? Ich reichte ihr ein Abendkleid aus silbrig glitzerndem Brokat.

„Darin werden Sie wie eine Königin aussehen."

10.

Zwischen soviel Weiblichkeit, fiel männliche Kundschaft natürlich auf. Meistens fragte sie nach etwas Passendem für Freundin oder Gemahlin, nahm jede Empfehlung dankbar an, war unkompliziert. Zumeist aber kamen die Männer als Begleitpersonen mit. Ihre Aufgabe war geduldiges Warten, Begutachten, die Bezahlung, das Tragen der gelackten Einkaufstüten und, dem Verkaufspersonal zuvorkommend, ein galantes Hinausbegleiten ihrer Angebeteten. Für die letzte Aufgabe hatten wir jedoch neuerdings eigens dafür vorgesehenes Personal, den gut aussehenden Freund unserer Chefin, Herrn Weber. Er war wohl schon länger mit ihr liiert, denn Frau Konrad kannte ihn mit Vornamen. Hatte er, um seine Lebensgefährtin im Geschäft zu unterstützen, seine vorhergehende Tätigkeit aufgegeben? Oder war er etwa schon Rentner? Aber nein, trotz grauer Schläfen erschien er mir noch nicht so alt. So um die Fünfzig. Oder hatte er seine Arbeitsstelle verloren und die Chefin ihn aus Wohlwollen hier aufgenommen? Wurde er von ihr bezahlt oder hatte er sein eigenes Einkommen? Woher kam er? Welchen Beruf hatte er gelernt? Es hatte uns egal zu sein. Wir fragten nicht. Der Chefin schien er auf jeden Fall gut zu tun. An seiner Seite wirkte sie ausgeglichen. Von ihrem Privatleben gab sie nichts preis. Welche Indiskretion der Lehrmädchen, die darüber maulten, ständig die Bettwäsche wechseln zu müssen! Das Auto musste sie nun nicht mehr selbst lenken. Er chauffierte sie, öffnete ihr die Wagentür zum Ein- und Aussteigen. Im Laden begrüßte er die Kundschaft, kassierte und geleitete zum Ausgang. Als Aufpasser, immer gepflegt, glatt rasiert, vorbildlich maniküert, ohne Nasenhaar, mit stets perfekt sitzender Frisur, dezent nach Rasierwasser duftend, stand dieser große, schlanke, breitschultrige Mann von nun an in unserer Boutique. Graue Flanellhose mit scharfer Bügelfalte, Gürtel aus feinstem Leder mit geschmackvoller Schließe, dunkelblauer Blazer aus englischem Tuch, frisch gebügeltes Hemd mit Manschetten, zusammengehalten von kostbaren Knöpfen aus Gold, in sondergefertigter Schmiedearbeit. Italienische Seidenkrawatte. Am Fuß gaben überlange Strümpfe aus feiner Merinowolle selbst beim Sitzen kein nacktes Bein preis. Handgearbeitetes, teuerstes Schuhwerk, Budapester, blank geputzt.

Der Einfluss der Geschäftsinhaberin war deutlich sichtbar. Ihr Freund wirkte ausstaffiert, machte zuweilen den Eindruck, als bereitete ihm das edle Outfit eher Unbehagen. Ein wenig steif hielt er aber tapfer durch, wenn auch ein hilfloser Gesichtsausdruck manchmal verriet, wie viel bequemer es ihm wäre, die Krawatte zu lockern und wenigstens den oberen Kragenknopf zu öffnen. Da verließ er gelegentlich, unter dem Vorwand eine Besorgung machen zu müssen, den Laden, als wollte er sich wenigstens für einen kurzen Zeitraum seine Eigenständigkeit bewahren. Doch klagen hörte ich ihn nie.

Wie fühlte er sich als einziger Mann zwischen uns Frauen und der überwiegend weiblichen Kundschaft? Wo er hinschaute, mehr oder weniger appetitliche Verführungsgefahr. Verlegen schaute er zur Seite, wenn die Kundinnen ihr Aussehen im Verkaufsraum vor dem Spiegel prüften. So mancher Oberschenkel sah unter den modernen kniefreien Röcken nicht gerade vorteilhaft aus. Von den Umkleidekabinen hielt er sich diskret fern, um nicht ungewollt hinter halb zugezogenem Vorhang vielleicht das Bild einer Dame in Unterwäsche aufzunehmen.

So war er verschont vom Anblick mancher natürlichen, unter dem zu engen Mieder hervorquellenden, schwabbelnden Fleischrolle unter Achseln und am Beinansatz. Erschrocken wäre er vielleicht auch über Brüste, die nach Ablegen des Büstenhalters entweder gar nicht vorhanden oder in schwerer Üppigkeit bis zum Bauchnabel hingen. Nicht alle Kundinnen waren blutjung und hatten eine perfekte Mannequin-Figur.

Auch die Körperhygiene und Kleiderpflege ließ bei manchen Frauen zu wünschen übrig. Nicht selten trat uns unangenehmer Schweißgeruch entgegen. Auch schmuddelige BH-Verschlüsse, schmutzige Ränder am Futterstoff und verwahrloste Firmenschildchen blieben von uns nicht unbemerkt, wenn wir beim Anziehen halfen. Aber wir waren diskret, reichten Kleenex zum Abwischen der schwitzenden Haut und versprühten erst in der verlassenen Kabine ein wenig Raumspray. Davon musste Herr Weber nichts mitbekommen. Unser Ziel war es, durch Beratung und Empfehlung ein bestmögliches Aussehen der Kundinnen zu erreichen.

Ihm, als Mann, genügten die Präsentation eines gelungenen Gesamtergebnisses und der abschätzende Blick auf das sich mit größeren Geldscheinen zunehmend füllende Kassenfach. Ein wohlwollendes Zunicken, ein kleines, unaufdringliches Kompliment, eine höfliche Verabschiedung mit leichter Verbeugung, verbunden mit einigen unverbindlichen Worten über das Wetter oder auch der Gruß an den Herrn Gemahl waren nun seine Aufgabe.

Anfangs belächelten wir sein Dasein zwischen uns. Vom Fach schien er nicht zu sein. Von Damenoberbekleidung hatte er keinerlei Ahnung. Aber er fügte sich unspektakulär in den Betrieb ein. Und unserer Chefin diente er ohne Unterwürfigkeit. An ihrer Seite strahlte er Ruhe, Geduld und Gelassenheit aus. Ihre unnötigen Bedenken bei unvorhersehbaren Vorkommnissen wusste er zu besänftigen. Für ihre unentwegten geschäftlichen Anstrengungen, ohne Rücksicht auf die eigene Person, zeigte er Verständnis. Unter seinem Einfluss sah sie allerdings ein, dass es unbedingt nötig war, sich mindestens einmal im Jahr eine vierwöchige Kur auf einer Schönheitsfarm zu gönnen, um Nerven und Aussehen zu stabilisieren. In dieser Zeit wartete und pflegte er dann mit besonderer Hingabe ihr Auto, beaufsichtigte den Betrieb sporadisch, genehmigte sich zwischendurch im *Ziegler* auch mal ein Bierchen, vertiefte sich in eine Fußballzeitung, schlenderte spionierend in der Hauptstraße an den Geschäften der Konkurrenz vorbei und machte insgesamt einen zufriedenen Eindruck.

Wir gewöhnten uns an ihn. Er begegnete uns stets freundlich. Manchmal stand er im Laden, streckte sich mit geschlossenen Beinen und in kerzengerader Haltung auf die Zehenspitzen, um sich gleich darauf auf die Fersen zurückfallen zu lassen. Immer wieder auf, ab, hoch, runter, auf, ab. Da glaubte ich zu spüren, wie langweilig es ihm war.

11.

Dass ihr Freund sich in der Boutique so gut etabliert hatte, bewog unsere Chefin, die Personalstärke mit einem weiteren Mann aufzustocken. Schließlich hatte sie in Mailand und in Paris viele Verkäufer erlebt, die sich ganz ausgezeichnet in die Belange weiblicher Kundschaft einzufühlen wussten. So ein Touch von internationalem Flair würde ihrem Geschäft bestimmt gut tun. Frau Konrad riet ihr ab. Ohne Erfolg. In unseren Reihen sollte sich von nun an Herr Jakobi bewähren.

Anders als der zurückhaltende Herr Weber, stolzierte dieser junge Mann, gelernter Einzelhandelskaufmann mit Berufserfahrung in Hamburg und München, wie ein Pfau durch all unsere Räume. Nicht nur, dass er in schleimiger Überschwänglichkeit bediente, in übertriebener Gebärde und geziertem Getue die Kleidungsstücke anbot, nein, uns gegenüber spielte er sich überheblich auf, wusste alles besser, meinte uns Anweisungen geben zu können und begann vorhandene Strukturen umkrempeln zu wollen.

„Ach, wissen Sie, Schaufenster sind ja überhaupt nicht mehr up-to-date! Viel effizienter wäre die Vergrößerung des Verkaufsraumes. Ich werde mich darum kümmern."

„Das wäre ja noch schöner!", erwiderte Frau Burckhardt nur kurz angebunden.

„Frau Konrad, wären Sie bitte so gut, mir die Kundin zu überlassen?", drängte er sich vor.

„Einen wunderschönen guten Tag! Wie kann ich Ihnen helfen?"

„Ach, könnte mich vielleicht Frau Konrad bedienen?"

Von einem Mann bedient zu werden, war manchen Damen ungewohnt und unangenehm.

„Vite, vite, vite!", echauffierte er sich häufig gegenüber der Schneiderin, wenn sie zur Anprobe nicht sofort zur Stelle sein konnte, weil sie gerade mit einer Änderungsarbeit an der Nähmaschine beschäftigt war.

„Liebe Frau Mertens, Sie haben gerade nichts zu tun, hätten Sie bitte die außerordentliche Güte, mir diese Ware hier abzunehmen?", versuchte er die Mitarbeiterin für sich einzuspannen.

„Entschuldigen Sie bitte vielmals", zirpte meine Kollegin genau so geschraubt zurück, „es tut mir so unendlich leid, aber ich muss mich um meine eigene Kundin kümmern."

Wenn aber neue Ware einzuräumen war und all die sonstigen täglichen Handgriffe erledigt werden mussten, war er nicht in unserer Reichweite, drückte sich vor der Arbeit.

„Nun, Herr Weber, wie ist heute Ihr wertes Befinden", versuchte er sich bei der wortkargen Aufsichtsperson beliebt zu machen.

„Ach, lassen Sie mich doch in Ruhe!", gab dieser kaum hörbar unwirsch zurück und drehte dem affigen Gockel den Rücken zu.

Unsere Chefin wurde über die Vorkommnisse informiert. Aber sie hatte ja selbst Augen im Kopf. Gut angezogen war er. Da konnte man nichts einwenden. Aber wie er sich aufführte! Weltmännisches Flair, so wie sie sich das erhofft hatte, zog mit ihm nicht in ihre Boutique ein.

„Also, ganz ehrlich, meine Liebe, wer ist denn dieser Gigolo? Von dem will ich aber nicht bedient werden!", vertraute sich eine Stammkundin ihr an, während die beiden es sich auf den weißen Ledersesseln im Obergeschoss bei einem Gläschen Sekt bequem gemacht hatten.

Die ablehnenden Stimmen mehrten sich. Und bei Durchsicht der Kassenbelege stellte sie fest, seine Verkaufsbilanz ließ auch zu wünschen übrig. So wurde er nach der Probezeit nicht übernommen. Erleichtert atmete die gesamte Belegschaft auf.

12.

Gut gelaunt gingen wir wieder unserer Arbeit nach, waren im Umgang mit der Damenoberbekleidung in unserem Element. Begeistert waren wir von der eingetroffenen Sommerkollektion, schwelgten in den neuen Farben, befühlten die Stoffe, fanden die Schnitte sehr tragbar. Private Sorgen gerieten während der Arbeitszeit regelmäßig in Vergessenheit. Wir lebten in unserem eigenen, behüteten Raum voll Eleganz und Gepflegtheit, gingen völlig in unserer Tätigkeit auf.

Was draußen in der Welt passierte, war weit weg. Was kümmerte es uns. Für Politik interessierte sich keiner in unserer Belegschaft. Na gut, dass die Studenten in Frankreich protestierten, war ja nichts Neues. Aber hier? Manchmal lasen wir die Überschriften der *Bildzeitung*, die Herr Weber täglich ins Geschäft brachte. Jetzt fingen auch deutsche Studenten an Krawall zu machen. Was wollten sie denn? Sie sollten mal lieber studieren, statt sich aufzuregen. Alles passte ihnen nicht. Man hörte und las die Schlagworte: Hochschulreform, große Koalition, Notstandsgesetzgebung, Springerpresse. Eine außerparlamentarische Opposition war sogar gebildet worden, die APO. In Heidelberg spürten wir zunächst nicht so viel von all dem. Man hörte von Sit-ins in der Neuen Universität. Mit diesen Sitzstreiks verhinderten aufgebrachte Studenten die Vorlesungen, um genauso wie in Berlin auf veraltete Strukturen innerhalb der Hochschule aufmerksam zu machen. Vor der Universität war neulich ein Auflauf. Unterhalb der Fenster hing ein langer Streifen aus Bettlaken, mit dem Tacker aneinander geheftet. Darauf stand in großen, schwarzen Pinselstrichen: *Unter den Talaren – Muff von 1000 Jahren.* Schon mehrmals hatten sich auch größere Gruppen von Studierenden zusammengefunden, um gemeinsam auf der Fahrbahn durch die Hauptstraße zu ziehen und für eine Stunde den Verkehr zu blockieren. Über die gesamte erste Reihe spannte sich dann ein Transparent mit der Parole des augenblicklichen Unmuts:

Runter mit der Rüstung - mehr Geld für die Bildung oder *Stell dir vor, es ist Krieg, und keiner geht hin.* Verglichen mit den Demonstrationen in Frankfurt, die von der Polizei teilweise mit Wasserwerfern zu verhindern versucht worden waren, keiner von uns verstand den Grund, verliefen die Kundgebungen in Heidelberg geordnet. Doch die Studentenunruhen nahmen in allen Universitätsstädten zu.

Lust auf einen Schaufensterbummel hatten wohl immer weniger Bürger. Das Trottoir vor unserem Geschäft war längst nicht so belebt wie üblich. Kundinnen, die unseren Modesalon trotzdem aufsuchten, beklagten sich über mangelnden Parkplatz für ihr Auto. Überall seien die Straßen zur Altstadt gesperrt. Kolonnen von dunkelgrünen militärischen Einsatzwagen mit Karlsruher Kennzeichen würden ganze Straßenzüge blockieren.

„Wozu denn das?", wunderte ich mich.

„Die Studenten wollen demonstrieren."

„Na und? Da ist doch nichts dabei!"

Frau Konrad besann sich auf unsere eigentliche Aufgabe:

„Schön, Frau Schneider, dass Sie bei uns herein schauen. Was kann ich für Sie tun?"

„Ja, richtig", die Besucherin öffnete eine Tragetasche, „zu diesem Rock brauche ich ein Oberteil."

Frau Konrad nahm das Kleidungsstück entgegen.

„Oh, da glaube ich, haben wir etwas. Gehen wir mal zu den Blusen!", forderte sie die Kundin auf.

„Die Polizei muss doch die Bevölkerung vor diesen Krawallmachern beschützen!", mischte sich erbost eine Dame an der Kasse ein, „sollen bei uns in Heidelberg die gleichen Zustände herrschen wie in Berlin?"

„Wieso? Ich dachte, die Studenten hätten dort nur gegen den Besuch des Schahs von Persien demonstriert. Und wie die Polizei darauf reagiert hat, ist ja wohl allerhand!"

Meiner Chefin war unser Disput nicht angenehm.

„Ich bin ganz Ihrer Meinung", pflichtete sie der Kundin bei und wechselte das Thema:

„Lassen wir uns nicht die gute Laune verderben. Haben Sie noch ein bisschen Zeit?", fragte sie, ohne die Antwort abzuwarten, „kommen Sie, ich zeige Ihnen etwas", verhieß sie geheimnisvoll, winkte einladend mit der Hand und stapfte mit festen Schritten der Kundin voraus ins obere Stockwerk.

„Ist da nicht sogar ein Student umgekommen?", wandte ich mich an Herrn Weber, der das Wechselgeld zählte. „Da muss man sich ja nicht wundern, wenn noch mehr protestiert wird!"

Viel darüber, was wirklich passiert war, wusste ich ja selbst nicht, mein Mann hatte davon im Autoradio gehört.

„Blutige Krawalle, ein Toter", wusste mein Kollege aus der *Bildzeitung* und fügte hinzu:

„Sind selbst schuld, haben sich mit Schah-Anhängern geprügelt."

„Da steckt noch mehr dahinter", war ich mir sicher, „sonst würden sich die Studenten nicht so aufregen."

Dienstbeflissen hing Frau Burckhardt neue Hosen-Anzüge auf.

„Kann mir mal jemand helfen?"

„Klar!" Ich beeilte mich. Schließlich wurden wir nicht fürs Diskutieren bezahlt.

In Heidelberg kam es in diesem Sommer zu keinen gewaltbereiten Ausschreitungen der Studenten-schaft. Vielleicht auch deshalb, weil Herr Zundel, unser Oberbürgermeister, öffentliche Kundgebungen unter polizeilicher Aufsicht gestattete.

Wir verkauften die Winterware. Die Miniröcke wa-ren inzwischen so kurz, dass gerade mal der Po bedeckt war. Die Stammkundschaft mittleren Alters war ein wenig befremdet. Unsere Schneiderinnen versuchten mit herausgelassenen Säumen die allzu große Nacktheit zu verdecken. Doch bei jungen Mädchen fand diese neue Modelinie, die Mary Quant aus England erfunden hatte, viel Zuspruch.

„Fahr doch nach London, Mama", hatte Natalia im Sommer ihre skeptische Mutter gedrängelt. „Dort weiß man, was junge Leute mögen."

Nun hingen die Stangen voll mit den verrück-testen Kreationen. So dünn wie das Mannequin Twiggy mit nur einer Andeutung von Busen musste man sein, damit man in die Konfektion hinein-passte.

Alle meine älteren Kolleginnen konnten da nicht mithalten und bevorzugten das Tragen von Hosen-Anzügen.

Frau Mertens mit ihrer netten Figur entschied sich für Modelle mit kurzer Jacke, Frau Konrad und Frau Burckhardt fanden die dreiviertellangen Oberteile sehr kleidsam.

Je kälter es draußen wurde, desto weniger wurde demonstriert. Aber die gegen das Establishment gerichtete Stimmung der aufgebrachten Studierenden begann sich mit den ersten warmen Sonnenstrahlen im Frühjahr des nächsten Jahres erneut zu entfachen. Che Guevara und Mao Tse-tung waren die Vorbilder. Bei jedem Protestmarsch wurde ihr Konterfei auf an Holzlatten befestigten Plakaten hoch über den Köpfen der Menge durch die Hauptstraße getragen. Gegen die führenden Persönlichkeiten im eigenen Land begehrte man auf. Warum nur? Ging es uns nicht gut?

Buntes sollte die modebewusste Dame tragen. Leichte Stoffe aus durchsichtigen Geweben lagen im Trend. Blusen in Ausbrennmaterial waren der Renner und wer mutig war, trug darunter nichts. Modeschöpfer aus ganz Europa hatten sich von den Hippies in Amerika inspirieren lassen. Unsere Chefin war aufmerksam mit der Zeit gegangen. Die Röcke und Kleider, die bei uns eintrafen, überraschten mit einer neuen Länge. Maximode, fußknöchellang.

Die Fenster waren neu dekoriert. Ein prächtiger Tulpenstrauß zierte auf dem Beistelltisch der Sitzgruppe im Eingangsbereich den Verkaufsraum.

Beachtliche Verkaufserfolge erfreuten die Geschäftsinhaberin. Unsere Welt war in Ordnung.

Da erreichte uns eine Nachricht, die wir zuerst gar nicht glauben konnten. In Frankfurt waren auf zwei Kaufhäuser Brandanschläge verübt worden. Im Kaufhaus Schneider und im Kaufhof brannte es. Das Feuer konnte aber schnell gelöscht werden, Menschen kamen nicht zu Schaden.

„Gott sei Dank!"

Unsere Chefin war erleichtert, nachdem ihr Freund uns diese Neuigkeit mitgeteilt hatte. Herr Weber sagte nachdenklich:

„Da haben sie doch Ernst gemacht, das hätte ich nicht gedacht."

„Wieso, was meinst du?"

„In Brüssel war auch ein Kaufhausbrand. Danach haben Mitglieder der Kommune I in Berlin Flugblätter verteilt: *Wann brennen die deutschen Kaufhäuser? Nachahmungstaten empfohlen!*

Sie war blass geworden.

„Aber warum nur? Was macht denn das für einen Sinn?"

„So wie ich es verstanden habe, wollen sie auf den Krieg in Vietnam aufmerksam machen."

Frau Konrad hatte darüber im *Heidelberger Tageblatt* gelesen:

„Sie rebellieren ja schon seit geraumer Zeit gegen den Angriff der Amerikaner in Vietnam. Die Soldaten sollen ganz brutal selbst gegen unbewaffnete Frauen und Kinder vorgehen. Aber die verantwortlichen Politiker reagieren überhaupt nicht auf die Proteste."

„Hoffentlich drehen die jungen Leute hier bei uns nicht auch durch. Wenn ich mir vorstelle, dass sie mir meinen Laden anzünden!"

Sie legte ihre Arme verkreuzt an die Brust, schloss die Augen und reckte das Kinn nach oben, als erflehe sie göttlichen Beistand.

Zwei Tage später gab die Presse bekannt, dass man die Schuldigen gefasst habe, vier Studenten: Andreas Bader, Gudrun Ensslin, Horst Söhnlein und Thorwald Proll.

Da war unsere Chefin beruhigt:

„Auf die Polizei ist Verlass! Das wird die Studenten hier zur Vernunft bringen!"

Und tatsächlich, für eine kleine Weile war Ruhe.

Doch dann erhoben sich erneut protestierende Stimmen.

„Man sollte sich dieses Theater nicht gefallen lassen! Wo kommen wir denn da hin?", wetterte Herr Weber, sichtlich beeinflusst von der Hetze seiner Boulevardzeitung gegen die Rädelsführer der Krawallmacher.

Der Aufruf der Presse hatte Erfolg. Bei einer Demonstration in Berlin schoss ein Hilfsarbeiter auf Rudi Dutschke, einen der Anführer der Protestbewegung. Schwer verletzt überlebte dieser den Anschlag, aber unter den Studenten brach nun ein

Sturm los. Die bisher friedlich agierenden Demonstranten gerieten so in Wut, dass sie in zerstörerischer Gewaltbereitschaft die Austragung des Groschenblattes zu verhindern suchten. Die Polizei schlug zurück.

Wir konnten froh sein, dass sich in Heidelberg kein Gebäude des *Springer*-Verlages befand.

„Was haben die gegen die „Bildzeitung"? Verstehe ich nicht, ich finde sie gut! Vor allem den Sportteil!", meinte mein Mann.

In Frankfurt arteten Demonstrationen inzwischen zu gewalttätigen Auseinandersetzungen zwischen Studenten und Polizisten aus. Immer härter gingen die Uniformierten gegen die Protestierenden vor. Die Mutigen an vorderster Front ließen sich nichts mehr gefallen, wehrten sich gegen Schlagstöcke und Wasserstrahl, schrien ihren Zorn über die Obrigkeit frei und ungezügelt heraus:„Nazischweine!!!"

„Wann hört das endlich auf?" Meine Chefin war besorgt.

In unserem Geschäft war keine Kundschaft. Eine Demonstration war in der Zeitung für den Nachmittag angekündigt worden.

Frau Konrad schaute auf ihre Armbanduhr.

„Um zwei Uhr soll es losgehen. Bis sie bei uns vorbeikommen, wird es so", schätzte sie Kopf wackelnd, „so gegen drei Uhr werden."

Unruhig ging unsere Chefin im Verkaufsraum hin und her. Immer wieder trat sie ans Seitenfenster, durch das sie die Hauptstraße ein Stück weit einsehen konnte. Frau Burckhardt gesellte sich zu ihr.

„Noch nichts zu sehen", bestätigte sie.

Da stürzte eines unserer Lehrmädchen ins Geschäft. Völlig verschwitzt. Die morgens noch sorgfältig gefönte Frisur total zerzaust, mit hochrotem Gesicht rang sie nach Atem.

„Fräulein Gisela! Schon von der Mittagspause zurück? Sie haben doch noch eine halbe Stunde. Und wie sehen Sie überhaupt aus?", schimpfte die Chefin.

„Was ist denn los, Kindchen?", legte Frau Konrad fürsorglich den Arm um das völlig verstörte Mädchen.

„Hhhhha!", schnaufte die Vierzehnjährige erst einmal tief durch, „ich bin die ganze Strecke in einem Stück gerannt! Hhhhha, hhhh." Allmählich beruhigte sie sich, „hhhhhhh."

Nun merkte auch die Chefin, dass sich wohl etwas Außergewöhnliches zugetragen haben musste. Mit plötzlich weicher, mütterlicher Stimme fragte sie das Mädchen:

„Erzähl, Kleines! Was ist denn passiert?"

Gisela berichtete, dass sie auf dem Weg zur Hauptstraße war, als sie völlig überraschend in einen Polizeiangriff geriet. Frau Konrad konnte das nicht glauben:

„Das kann doch gar nicht sein!"

„Doch! Doch!", beteuerte das Lehrmädchen. „Ich war in der Kettengasse. Auf der Hauptstraße war der Demonstrationszug gerade vorbei. Da kamen plötzlich mehrere Polizisten. Sie trieben junge Männer vor sich her. Mit Schlagstöcken haben sie draufgehauen. Ich hab's genau gesehen. Die Jungs haben versucht sich vor den Schlägen zu schützen Sie hielten die Hände über ihren Kopf. Etliche versuchten zu fliehen und rannten die Kettengasse herunter, mir entgegen. Die Polizei ihnen nach, aber nur ein paar Schritte. Dann gaben sie die Verfolgung auf. Einer der Polizisten schrie: „Ich krieg euch!" Er schleuderte den Weglaufenden etwas hinterher. Ein Stück Metall. Es lag mitten in der Kettengasse. „Hau ab! Tränengas!", warnte mich ein Mann. Er hat geschrien und stürmte an mir vorbei. Ich hab ja gar nicht gewusst, was er meint. Aber alle sind weggerannt, da bin ich mit ihnen gelaufen, ins nächste Lokal. Ich hab gedacht, jetzt bin ich in Sicherheit. Von wegen! Auf einmal drang beißende Luft zu uns rein. Man konnte überhaupt nicht mehr atmen! Ätzende Luft! Die Gäste, die sich in der Nähe der Tür aufhielten, zogen sich ihre Pullover über die Nase, um dieses Gift nicht direkt einatmen zu müssen. In meinen Augen brannte es wie Feuer. Den anderen ging es auch so. Ich konnte gar nichts machen, die Tränen liefen mir runter. Wir heulten alle, alle. Die Luft wurde immer unerträglicher. „Nichts wie raus hier!", schrie irgendeiner und bekam einen Hustenanfall. Da sind wir durch den Hinterausgang in die Merianstraße gelaufen. Ich dachte nur noch: weg, nur weg, weg! Ich hatte richtig Panik und bin, so schnell ich konnte, hierher gerannt."

„Da sehen Sie mal, wie es gefährlich ist, wenn man sich unter das Volk mischt!", belehrte die Lehrherrin ihre Schutzbefohlene.

„Aber ich habe doch gar nichts gemacht! Und die Jungs, auf die die Polizisten von hinten losgegangen sind, auch nicht!", empörte sich Gisela.

„Sie sind doch bloß geflüchtet. Da muss man doch nicht eine Tränengasgranate hinterher schmeißen!"

„Zum Glück sind Sie ja nicht verletzt! Gehen Sie jetzt, machen Sie sich ein bisschen frisch!", beendete die Chefin den Report ihrer Angestellten. Besorgt sah sie durch die Schaufensterscheibe.

„Mein Gott, hoffentlich passiert hier nicht auch so etwas!"

„Ach, mach dir keine Sorgen", beschwichtigte Herr Weber seine Freundin.

„Und wenn sie mir die Schaufenster einschlagen? Oh je, oh je, oh je!", erhitzte sich meine Vorgesetzte und atmete schwer.

„Bisher sind sie doch immer nur friedlich durchmarschiert", versuchte nun auch Frau Richard der steigenden Erregung ihrer Chefin zu begegnen.

„Da, hören Sie! Sie kommen!"

Dumpf klang es von weitem. Rhythmisch im Gleichklang kam das Rufen näher, immer näher. Schon sahen wir eine breite, dichte Menschenmasse, langsam sich vorwärts schiebend. So viele, viele Menschen!

„Schnell, schnell, schnell, Frau Mertens, schließen Sie die Tür ab!"

Während meine Kollegin den Schlüssel holte, öffnete sich die Ladentür und einige Passanten suchten bei uns Schutz.

„Dürfen wir hier rein? Auf dem Gehweg ist kein Platz mehr."

„Ja, natürlich, treten Sie ein!", behielt die Stuttgarterin die Nerven und sperrte hinter den Schutzsuchenden hastig die Eingangstür zu. Nun standen wir alle im Ladeninneren und schauten nach draußen. Unheimlich war mir zumute.

Überall sich gleich bewegende Münder von jungen Männern, jungen Frauen. Einander untergehackt, als wollten sie ihre gemeinsame Stärke unter Beweis stellen, schritten die ersten Reihen der Demonstrierenden fast feierlich über das Pflaster. Es war ihnen ernst. Laut und deutlich, jede Silbe gleichmäßig betonend, riefen sie im Chor:

„Bür-ger, run-ter vom Bal-kon! Un-ter-stützt den Vi-et-kong! Bür-ger, run-ter vom Bal-kon, un-ter-stützt…"

Bewegungslos beobachteten wir den Menschenzug. Das waren ganz normale junge Leute, keine wütende Horde. Anständig angezogen, Männer, Frauen, gruppiert oder einzeln und manche Paare schoben sogar Kinderwagen vor sich her oder führten ihren Nachwuchs an der Hand. Ein neuer Schlachtruf setzte nun ein, schallte gewaltig durch die geschlossene Scheibe, drang bis in die Seitenstraßen:

„Ho-Ho-Ho-Chi-Minh! Ho-Ho-Ho-Chi-Minh!"

Ich bekam Gänsehaut. All die Transparente, die sie schon öfter in Heidelberg zur Schau gestellt hatten, zogen an unseren Augen vorbei. Immer wieder das gleiche Anprangern der weltweiten Missstände und Machenschaften. Und rote Fahnen wehten.

„Ho-Ho-Ho-Chi-Minh! Ho-Ho-Ho…!

Beklommenheit stieg in mir auf. Mir wurde bewusst, wie wenig ich eigentlich von den politischen Vorgängen um mich herum wusste. Wie konnte ich beurteilen, ob die jungen Menschen, die auf unseren Straßen ihren Unmut kundtaten, Recht hatten? Oder waren das nur Krawallmacher, wie die Zeitungen abfällig berichteten? Wie wichtig ist es doch, Augen und Ohren offen zu halten, um sich selbst eine Meinung bilden zu können. Sollte man etwa ohne zu reflektieren zu allem „Ja und Amen" sagen? Wollten wir ohne Gegenwehr schließlich wieder zu manipulierten, unterdrückten, hilflosen Abhängigen werden, wie einst unsere Eltern? Hunderte von Demonstranten strömten in Richtung Bismarckplatz. Entschlossen zeigten sie Zusammenhalt, ließen nicht nach mit ihrem Sprechgesang und dem Hochhalten des Demonstrationsmaterials. Schulter an Schulter, da lachte keiner, in endloser Schlange schob sich die Menschenmasse an uns vorbei, über die Sofienstraße zur angrenzenden Parkanlage. Dort war Treffpunkt zu einer abschließenden Kundgebung. Nur noch gedämpft hörten wir ihre Parolen.

„Sie können wieder aufschließen", rief die Chefin Frau Mertens zu und lächelte die Fremden an, die bei ihr Unterschlupf gefunden hatten:

„Es ist vorbei! Vielleicht möchten Sie sich noch ein wenig umschauen?", lud die Geschäftsfrau ein.

Dann sah sie zu mir:

„Kommen Sie, Frau Brenner, auf den Schreck trinken wir was!"

Die Presse berichtete am nächsten Tag von einer friedlich verlaufenen Protestaktion gegen den Vietnam Krieg. Die Übergriffe einzelner Polizisten gegen Nachzügler des Demonstrationszuges blieben unerwähnt.

„Scheiß Bullen!", war alles, was mein Mann dazu sagte. Vietnam interessierte ihn nicht.

Die Proteststürme der Studenten ebbten mit der Zeit in ganz Deutschland wieder ab. Auch in Heidelberg hörten schließlich die Studentenunruhen auf. War es die Ausweglosigkeit des Aufbegehrens, die Erfolglosigkeit ihrer Anstrengungen? Der Sozialistische Deutsche Studentenbund zersplitterte sich in kleine K-Gruppen. Das Gros der Studenten gab auf, resignierte, ging nicht mehr auf die Straße, um sich für das Wohl der Allgemeinheit einzusetzen. Nur wenige von ihnen wollten es nicht wahrhaben, nichts erreicht zu haben und gründeten die Rote Armee Fraktion, die RAF. Linksorientiert und zum Terror bereit heckte sie nach südamerikanischem Muster im

Untergrund Pläne aus, den Kampf gegen Ungerechtigkeit, kapitalistische Machenschaften und Ausbeutung des Volkes doch noch zu gewinnen.

In unserer Innenstadt trat wieder Ruhe ein. Das große Polizeiaufgebot verschwand aus dem Straßenbild. Die Verkehrsbetriebe hatten freie Fahrt. Die Bürger konnten sich unbehelligt von Umleitungen und Straßensperren wieder frei bewegen.

13.

Im Rathaus schien man auch heilfroh zu sein, dass sich die Gemüter beruhigt hatten. Sollte der Bevölkerung als Wiedergutmachung für die erlittenen Unannehmlichkeiten ein Amüsement geboten werden? War es nicht angebracht, die durch die Unruhen beeinträchtigte Konjunktur des Einzelhandels ein wenig anzukurbeln? Diese Überlegungen wurden wohl auf höchster Ebene angestrengt. Ein Fest musste her. Ein Fest für Bürger und Geschäftsleute gleichermaßen.

Die Nachbarstadt Mannheim veranstaltete seit 1962 jedes Jahr im Frühling auf einem riesigen Messegelände den *Mannheimer Maimarkt*. Aus allen umliegenden Gemeinden strömen Interessenten zu dieser gigantischen Schau und Verkaufsmesse der unterschiedlichsten Branchen.

In dieser Größenordnung konnte man natürlich nicht mithalten. Aber etwas Besonderes wäre womöglich auf die Beine zu stellen. Etwas Außergewöhnliches. Vielleicht verbunden mit musikalischen Einlagen, künstlerischen Darbietungen. Die Geschäfte könnten ihren Verkauf auf die Straße verlagern, die Lokale in lukullischer Vielfalt für Gaumenschmaus sorgen. Und zeitversetzt zur Mannheimer Veranstaltung müsste es sein, um das Kontingent vergnügungshungriger Besucher voll ausschöpfen zu können. Der Sommer, in dem sich die Straßen der Heidelberger Altstadt ohnehin mit Touristen aus der ganzen Welt füllten, war als Veranstaltungszeitraum ungeeignet. Aber der erste Samstag im Herbst wäre ein guter Zeitpunkt. Gastronomie und Einzelhandel stimmten zu. Der *Heidelberger Herbst* war geboren.

Auch unsere Chefin begrüßte die zusätzliche Verkaufsmöglichkeit bei verlängerter Ladenzeit. Sie war in bester Laune und besprach mit ihrer Freundin die Organisation.

„Wir schieben mehrere Kleiderständer auf die Straße."

„Da muss aber immer jemand von uns dabeistehen, sonst wird zuviel geklaut."

„Aufpassen können die Lehrmädchen."

„Und wie machen wir das mit der Bezahlung?"

„Dafür sollen die Kunden in den Laden kommen."

„Hast du dir schon überlegt, was wir dort hinhängen? Wir können doch unmöglich unsere teure Ware auf der Straße anbieten. Stell dir mal vor, es gibt Gedränge! Und die feinen Sachen fallen herunter und landen im Dreck."

„Hm, das stimmt."

„Meinst du wirklich, dass wir uns beteiligen sollten? Wir sind doch keine Zigeuner!"

„Ach, du hast ja keine Ahnung! Geh mal nach London! Da gibt es ganze Straßenzüge, wo nur im Freien verkauft wird! Und in Paris übrigens auch!"

„Und wer kauft da?"

„Wer kauft da, wer kauft da", äffte unser Oberhaupt ihre Freundin nach, „junge Leute natürlich, die kaufen *young fashion.*"

„Außer den Maxiröcken haben wir davon aber nichts in unserem Sortiment, was jung, frech und sexy ist."

„Auf der nächsten *Igedo* muss ich das unbedingt berücksichtigen. Erinnere mich daran. Aber das nützt mir jetzt im Augenblick nichts. Am besten ich klappere die Textillager in Paris ab. Die sind immer auf dem neuesten Stand. Die Kapuzenmäntel habe ich dort auch kurzfristig ergattert. Und außerdem ist die Ware extrem billig. Selbst wenn ich mit 200 Prozent kalkuliere, ist der Verkaufspreis immer noch günstig. Das könnte sich lohnen."

Meine Chefin verlor keine Zeit. Herr Weber steuerte den Wagen. Eine Woche würden sie wohl für den Einkauf im Ausland benötigen. Meine Kolleginnen und ich gingen auch ohne Beobachtung geflissentlich unseren Aufgaben nach. Zugegeben, war unsere Vorgesetzte außer Haus, waren die Kaffeepausen manchmal ausgedehnter als gewöhnlich, wurden zuweilen noch um eine Zigarettenlänge erweitert; aber nur, wenn keine Kundschaft zu bedienen war. Näherte sich der Zeitpunkt der Rückkehr unserer Chefin, hielten wir abwechselnd Ausschau nach ihrem einparkenden weißen Wagen. War er in Sichtweite, öffnete einer von uns die Tür zum Aufenthaltsraum:

„Die Chefin kommt!!!"

Rasch waren wir dann selbstverständlich alle zur Stelle, hantierten herum, taten geschäftig. Wir grüßten die eintretende Inhaberin samt Begleitung freundlich und brannten vor Neugier auf die Einkäufe aus Paris.

„Kinder, das Auto ist bis zum Dach bepackt! Holt die Pakete raus und bringt sie ins Büro!", wies sie uns an. Und dass sie uns duzte, erlebten wir immer mal wieder für einen kurzen Moment. Es vermittelte den Eindruck der Vertrautheit mit uns, zeigte, wie wohl es ihr tat, wieder in ihrem geliebten Geschäft zu sein, ihrem Zuhause.

„Frau Burckhardt, Sie könnten einige Teile der Neuheiten heute Abend am Eingang dekorieren.

Im Büro machten wir uns gleich ans Auspacken. Was da alles zum Vorschein kam! Baskenmützen. Ich setzte eine auf. „Oh, steht Ihnen gut!", bestätigte Gisela. Knallbunt karierte Kostümchen. Unsere Sekretärin hielt sich die Jacke an den Körper. „Das ist ja winzig!" Begeistert langte ich danach. „Zeigen Sie mal her, ich habe Größe 34, das passt mir vielleicht." Dann griff ich nach dem dazugehörigen Rock. „Was ist denn das?", rief ich erstaunt, „das ist ja eine Hose!" Unsere Chefin sah nach uns und bestätigte: „Das ist ein Hosenrock. Und ich habe noch etwas Tolles mitgebracht, warten Sie mal", versprach sie, während sie unter den noch nicht ausgepackten Paketen kramte. „Machen Sie auf!", schob sie mir mit dem Fuß einen großen Karton zu. Ich zerschnitt die Paketschnur und klappte die Wellpappe zurück. Auf den ersten Blick sah ich viereckige Stofffetzen aus einem merkwürdigen Material. Was war das denn? Verkrumpelter, völlig zerdrückter Samt in Dunkelgrün, Dunkelblau und Dunkelrot. Ratlos strich ich über die Oberfläche. Die samtigen Härchen des Stoffes verteilten sich ungleichmäßig nach allen Richtungen und ließen das Gewebe fleckig, alt und abgetragen erscheinen.

„Wie sollen wir das denn glatt bekommen? Da bügeln wir uns ja tot!"

Meine Chefin lachte amüsiert und genoss sichtlich ihre Überlegenheit in speziellem Fachwissen.

„Hier wird nicht gebügelt. Das muss so unordentlich aussehen. Das ist der neueste Schrei der Textilindustrie. Spiegelsamt. Der Flor ist absichtlich so unregelmäßig gepresst. In Frankreich nennt man den Stoff Pan, geschrieben wird das p-a-n-n-e. In diesem Material gibt es lange Kleider, Röcke, Blusen und", sie bückte sich und holte eins der federleichten Teilchen aus dem Karton, um es uns triumphierend zu präsentieren, „Hot Pants!". In Deutsch fügte sie erklärend dazu: „Heiße Höschen!" Die Teile waren wirklich heiß. Hosen, fast ohne Beinansatz, bei denen ich meine Zweifel hatte, ob sie groß genug waren, um die Pobacken zu bedecken. Hundert Stück hatte meine Chefin von diesen Dingern gekauft. Ungläubig schaute ich auf den Stoffklumpen zu meinen Füßen, holte zählend eine Hose nach der anderen aus dem Karton.

Wir überprüften den gesamten Wareneingang auf Unversehrtheit und verglichen ihn mit dem Lieferschein. Die Rechnungen reichten wir an die Büroangestellten weiter, die sie mit dem Eingangsstempel versahen, kontrollierten und als bezahlt abhefteten. Danach wurden die Verkaufspreise festgelegt und jeweils ein Stück jeder Charge exemplarisch etikettiert. So waren wir in der Lage, die weitere Auszeichnung vorzunehmen. An diesem Nachmittag war ich mehr als beschäftigt.

14.

„Am Samstag ist Heidelberger Herbst", informierte ich meinen Mann einige Tage vorher.

„Na und?"

„Ich muss um neun im Laden sein."

"Ist doch nichts Neues."

„Muss aber bis 18 Uhr arbeiten."

„Auch das noch! Da habe ich ja den ganzen Tag die Kleine auf dem Hals. Am Wochenende will ich meine Ruhe haben! Ist wenigstens was zum Essen im Haus oder muss ich auch noch einkaufen gehen?",
entgegnete er ziemlich unwirsch.

Ich sagte ihm, dass ich mich um alles gekümmert hätte und getraute mich kaum zu fragen:

„Darf ich den Wagen nehmen?"

„Wo willst du denn bei dem Trubel einen Parkplatz finden? Am Ende baust du noch einen Unfall. Ne, ne, ne! Es ist gescheiter, du fährst mit der Straßenbahn. Der Wagen bleibt hier!"

Im Herbst war das Wetter in Heidelberg dank der bevorzugten Lage an der südlichen Bergstraße zumeist mild und freundlich. Als ob der Sommer nicht enden wollte, konnte man oft noch weit bis in den Oktober sonnige Tage genießen und bei angenehmen Temperaturen durch die Altstadtgassen schlendern. Doch an diesem ersten Herbstsamstag 1969 schlug entgegen aller Erwartungen der Winter zu: Es war eiskalt!

Ab 11 Uhr sollten alle Türen offen, Tische und Bänke gerichtet, die Verkaufsstände bestückt sein. Dann konnte es losgehen. Am Kornmarkt drehte sich bereits ein Ochse am Spieß, um ihn ab frühen Nachmittag portionsweise zu deftigem Kartoffelsalat oder einer Scheibe Bauernrot servieren zu können. Vor dem Rathaus und auf dem Universitätsplatz waren am Vortag Tribünen für Musik und Tanz aufgebaut worden. Schanktische für Bier vom Fass, Lauben für Weinliebhaber, Stände für Spirituosen waren entlang der gesamten Hauptstraße errichtet und machten den Wirten Konkurrenz, die das Tagesangebot auf Schiefertafeln vor ihren Lokalen anpriesen. Reichte den Einzelhändlern zum Feilbieten das freie Trottoir vor ihrem Geschäft nicht aus, konnten sie sich zusätzlichen Stellplatz für ihr Warenangebot gegen Bezahlung zuweisen lassen. Unserer Chefin war es gelungen, ein verkaufsstrategisch außerordentlich viel versprechendes Fleckchen zu mieten: hinter der Heiliggeistkirche, wo sowohl Untere Straße als auch Haspelgasse in den Fischmarkt mündeten.

Hier entließ Herr Weber rechtzeitig zum Festbeginn Frau Richard und das Lehrmädchen Gisela. Er kuppelte den offenen Anhänger, gefüllt mit Textilien und verchromten Stangen, vom Geschäftswagen ab und blockierte die Räder, um ein Wegrollen des Gefährts zu verhindern. Dann lenkte er den Mercedes vorsichtig durch das geschäftige Treiben der übrigen Ausstatter zur Hauptstraße. Über die Kettengasse, am Gefängnis vorbei, Richtung Anlage fuhr er davon.

Meinen Kolleginnen oblag nun als Erstes die Aufgabe, die verchromten Stangen zu Ständern zusammenzustecken. Was waren die Eisenteile so kalt!

„Ach, hätte ich bloß meine Handschuhe mitgenommen. Dass es so eisig ist, konnte ja keiner ahnen", beklagte sich Frau Richard und hauchte, während sie einen Teil der Textilien aufhängte, immer wieder in die klammen Handflächen. Zum Glück hatte sie wenigstens lange Hosen an. Der Wind blies ganz schön kräftig feuchte Luft vom Neckar herauf. Und Gisela stand im Minirock da. Der Rollkragenpullover allein wärmte nicht. Ihre Knie und Oberschenkel begannen sich unter dem dünnen durchsichtigen Strumpfhöschen frierend zu röten. Vor Kälte klappernd hampelte das Lehrmädchen von einem Bein aufs andere, schaute nach links, nach rechts, drehte sich mit suchendem Blick herum und wieder zurück:

„Ob bei dem Wetter überhaupt jemand kommt?"

„Wart 's ab! Es ist ja gerade mal halb zwölf."

Bis 15 Uhr hatten sie die Stellung zu halten. Sie standen sich die Beine in den Bauch. An Verkaufen war überhaupt nicht zu denken. Die wenigen Besucher, die trotz der Kälte in die Altstadt gekommen waren, hielten sich auf den Plätzen entlang der Hauptstraße auf und fanden nicht den Weg zu unserem Stand hinter der Kirche.

Von den Jugendlichen, die sonst bei warmen Temperaturen mit Vorliebe Kirchenstufen und Herkulesbrunnen vor sich hindösend belagerten, nachdem sie sich in der Unteren Straße mit Bewusstsein vernebelnden Substanzen versorgt hatten, war um diese Uhrzeit sowieso noch niemand auf den Beinen.

„Frau Mertens und Frau Brenner, Sie lösen die zwei auf dem Fischmarkt ab. Am besten Sie gehen gleich los!", dirigierte uns das Geschäftsoberhaupt.

„Wir sind gar nicht auf dieses kalte Wetter vorbereitet. Könnten wir uns vielleicht etwas Warmes aus unserem Sortiment aussuchen?"

„Meinetwegen. Aber vorsichtig damit umgehen."

Das war natürlich ganz nach unserem Geschmack. Schöne Sachen anziehen, die wir uns selbst kaum leisten konnten. Frau Mertens war bescheidener als ich. Sie wählte den Kapuzenmantel, der ihr immer schon gefiel und einen wärmenden langen Schal dazu. Meine hohen Pumps tauschte ich mit Stiefeln aus teuerstem Kalbsleder, die bis unter das Knie reichten, sodass die im Rhombenmuster gewirkte braune Strumpfhose nur noch am oberen Teil des Beines bis zum Rocksaum ihre Wirkung entfalten konnte. Über mein figurbetontes, gerade mal Po bedeckendes Jerseykleid zog ich eine gleichlange Jacke aus auffallendem, in Erdtönen gehaltenem, langzotteligem Pelz, von dem nicht klar war, welches Tier dafür geopfert worden war. Schaf, Wolf, Fuchs, oder gar alle drei? Die Taille wurde mit einem breiten Ledergürtel geschnürt, dessen Farbe zum Schuhwerk passte. Frau Mertens hatte extra für diesen Tag ihr Haar frisch färben lassen, wodurch das neuerdings bevorzugte Rot schriller als gewöhnlich das Auge blendete. Mein langes, dunkles, glattes Haar breitete sich über dem Pelz wie ein seidenes Cape aus. Unsere Gesichter waren perfekt geschminkt. Der Teint, übertüncht mit bräunendem Make-up, vermittelte den Eindruck, als seien wir gerade aus dem Urlaub zurückgekehrt. Farbiger Lidschatten, Kajalstift und dick mit Mascara getuschte Wimpern betonten die Augen. Frau Mertens hatte dazu noch einen korallenroten Lippenstift aufgetragen, während ich ein Lipgloss bevorzugte.

Unseres guten Aussehens bewusst, stolzierten wir durch die Hauptstraße und genossen die Blicke, die zeigten, dass wir auffielen. Verweilen konnten wir allerdings nirgends, denn wir wollten pünktlich zur Ablösung kommen.

Inzwischen war die Einkaufsstraße im Vergleich zum Morgen wesentlich belebter. In Höhe der Theaterstraße verstärkte sich das Menschenaufkommen. Zu der erstaunlichen Menschenmenge, die sich auf dem Universitätsplatz eingefunden hatte, drängten immer mehr Schaulustige und der sich verengende letzte Wegabschnitt zum Marktplatz verdichtete sich zusehends, so dass wir Mühe hatten, im Gewimmel vorwärts zu kommen. Doch dann hatten wir die Haspelgasse erreicht und winkten unseren Kolleginnen zu, die uns schon sehnsüchtig erwartet hatten.

„Ein Vergnügen ist das hier nicht!", begrüßte uns Frau Richard und übergab mir mit steifen Fingern die Geldtasche mit dem Wechselgeld.

„Es ist saukalt!", warnte uns Gisela.

Frau Mertens rückte die Ware auf den Ständern überprüfend zu einem geordneten Bild.

„Haben Sie überhaupt etwas verkauft?", fragte sie verwundert beim Anblick der vollen Stangen.

„So gut wie nichts. Aber Sie können es ja besser machen. Wir gehen jetzt. Komm, Gisela!", sagte sie fast beleidigt und verschwand mit ihrer Gehilfin in der Unteren Straße.

„Ich glaube, ich hole uns erst einmal einen Kaffee", schätzte meine Kollegin die Lage völlig richtig ein, rannte ins Café *Knösel* und kam gleich darauf mit zwei Gedecken zurück.

Dankbar umschlossen meine Finger die heiße Tasse und ich nahm einen Schluck.

„Aaah, tut das gut!", genoss ich die dunkle Brühe und schaute mich tatenfroh um.

Vor dem Rathaus sammelte sich eine Blaskapelle. Sie sollte zum Tanz einer Odenwälder Trachtengruppe aufspielen. Vom Kornmarkt klangen Flower-Power Töne zu uns herüber. Das passte ja zu unserem Warenangebot im Hippie Stil. Man muss die Leute ansprechen, damit sie bei uns stehen bleiben. Da waren wir einer Meinung.

„Schauen Sie, meine Dame, heute ist alles besonders preiswert."

„Kommen Sie, das ist etwas für Sie!"

Es gelang uns tatsächlich hin und wieder, die an uns Vorbeischlendernden zum Anhalten zu bewegen. Und einige davon ließen sich dann auch zum Kauf überreden.

Als jedoch vor dem Rathaus die Tuba zu tönen begann und die Trompeten zur Polka einsetzten, reckten die Passanten abgelenkt ihre Hälse interessiert in diese Richtung. Und man beeilte sich, um die Aufführung der Tanzgruppe nicht zu versäumen.

Nun hatten wir nichts zu tun. Keiner der Besucher würdigte uns nur eines Blickes.

Ohne die um unseren Stand flanierenden Menschen drang die kalte Zugluft ungehindert zu uns vor. Durch die Ledersohlen drückte sich das nasskalte Kopfsteinpflaster und trotz der warmen Kleidung kroch die Kälte unaufhaltsam unter unsere Röcke. Ich begann zu frieren. Da half Bewegung. Das

Eichbaumstübchen oben auf der Hauptstraße war nicht weit von uns.

„Trinken Sie einen Schnaps mit?", fragte ich meine Leidenskollegin. Sie nickte ganz eifrig mit dem Kopf, als sehnte sie sich geradezu nach einer erneuten Wärmung von innen.

Schon war ich auf dem Weg. Aber als ich daran dachte, wie schnell so ein Gläschen gekippt war und wie viel Geld man dafür bezahlen musste, steuerte ich direkt die *Goedecke*-Filiale einige Häuser weiter an. Dort kaufte ich eine Flasche Puschkin. Wodka war gegen Kälte das beste Mittel, da war ich mir sicher.

Vergnügt nahm gleich jeder von uns einen kräftigen Schluck aus der Flasche. Danach verschloss ich sie sorgfältig und verstaute sie auf dem Anhänger in einem leeren Kleiderkarton. Der Besucheransturm verstärkte sich immer mehr. Es war bereits 17 Uhr, als in der Unteren Straße vor dem *Reichsapfel* eine Dixieland-Band zu spielen begann. Das klang so täuschend echt, dass man hätte meinen konnen, Chris Barber sei leibhaftig anwesend: „Ice Cream, News Cream, everybody wants Ice Cream…", tönte es lautstark zu uns herüber und munterte uns so auf, dass wir mitsangen und dazu Hüfte schwingend den Takt betonten. Noch schnell einen Schluck und schon ging es weiter. Die Blasmusik tönte dazwischen und auch das kam uns gelegen:

„Wenn der Hund mit der Katz übern Eckstein springt und der Frosch in der Luft den Storch verschlingt", grölten wir mit und lachten über den Text, den wir da sangen. Wie hieß er nur richtig? Egal! Und jeder nahm noch einen Schluck. Mit geölter Kehle konnte man besser singen. Die Flasche leerte sich mehr und mehr.

„Und jetzt wird verkauft!", kündigte ich in einsetzendem Enthusiasmus an.

Noch ehe mich Frau Mertens zurückhalten konnte, nahm ich Anlauf und hüpfte mit Hilfe einer Hockwende auf den Anhänger. Geklappt! Nun konnte ich über die Passanten hinweg sehen. Jeder konnte mich hören.

Da musste doch bei uns gekauft werden! Breitbeinig suchte ich Standfestigkeit, griff in den Karton zwischen meinen Füßen. Ich warf gleich mehrere Teile in die Luft.

Frau Mertens hatte Mühe die herunterfallenden Stücke aufzugreifen. Laut gegen die um mich herum tönende Musik anschreiend, machte ich auf unser sensationelles Produkt aufmerksam:

„Hot Pants! Hot Pants! Direkt aus Paris! Fünf DM das Stück! Nur heute, meine Damen und Herren. Hot Pants!"

War es die ausgelassene Stimmung, die, je später es wurde, sich unter der Bevölkerung ausbreitete? War es die Musik, die beschwingte? War es mein animierendes Aussehen?

Plötzlich wurde gekauft. Bei null Grad, heiße Höschen! Frau Mertens kassierte. Ich grinste vom Wagen herunter, zwinkerte Männern aus sicherer Entfernung auffordernd zu. Dass sie direkt unter mein Kleid schauen konnten, machte mir überhaupt nichts aus. Im Gegenteil, ich riss die Arme absichtlich möglichst hoch, sodass sich die Säume von Kleid und Pelzjacke hochschoben und jeder die Hot Pants an mir bewundern konnte, die ich zur Demonstration übergestreift hatte. Immer wieder bückte ich mich und langte in die Schachtel:

„Hot Pants! In allen Größen! Grün, blau und rot! Hot Pants!", schwang ich die Teile hoch über meinem Kopf, dass jeder, wirklich auch jeder sehen konnte, was er unbedingt erwerben musste. Manche kauften gleich alle drei Farben. Und die Ware auf den Stangen wurde auf einmal ebenfalls beachtet.

„Schau mal Mutti, das ist ja süß!"

„Ach, guck mal, wie schön!"

„Wie findest du das, steht es mir?"

Bald brauchte ich nicht mehr marktschreierisch zu agieren. Ich kletterte aus dem Anhänger und half Frau Mertens beim Bedienen. Wir hatten alle Hände voll zu tun. Von Frieren war keine Rede mehr. Noch rechtzeitig vor der einsetzenden Dunkelheit hatten wir das gesamte Warenlager geleert, bis aufs letzte Stück alles verkauft.

Den Rest Wodka schenkte ich Frau Mertens. In meine Handtasche passte die Flasche nicht.

Wir bauten die Ständer auseinander und verstauten sie im Anhänger.

Als Herr Weber uns abholte, staunte er nicht schlecht über unseren Erfolg.

„Hat Spaß gemacht!", krächzte ich mit unklarer Stimme.

15.

Unsere Chefin streckte selbstbewusst ihre Brust nach vorne und achtete auf eine tadellose aufrechte Haltung, als ich ihr die pralle Geldtasche reichte. Voller Genugtuung darüber, dass ihre Entscheidung, uns einzusetzen, richtig gewesen war, atmete sie tief durch. Etwas anderes hatte sie von uns nicht erwartet. Schon öfter war ihr unser Engagement im Verkauf aufgefallen. So war sie bemüht, wo es sich anbot, den Eifer zu erhalten und durch zusätzliche Aufgaben auf neue Gebiete zu erweitern.

„Frau Brenner, Sie haben doch Ahnung von Schmuck. Hätten Sie Lust den Einkauf von Modeschmuck zu übernehmen?", überraschte sie mich eines Nachmittags bei einem Glas Rémy Martin in ihrem Büro. Auf ihre Menschenkenntnis vertrauend rechnete sie mit meiner Zusage und hatte vorausschauend schon einmal die Firmen zusammengestellt, an die ich mich wenden sollte. Ich hatte ein bestimmtes Budget zur Verfügung und völlig freie Hand in der Ausübung meines Auftrages. Welche verantwortungsvolle Aufgabe! Ich telefonierte, traf Verabredungen, forderte Warenkataloge an, ließ mir Kollektionen im Haus vorlegen, besuchte Werkstätten, traf meine Auswahl und orderte im Auftrag, nahm die Post entgegen, packte und zeichnete aus, räumte ein und dekorierte. Die Qualität meiner Arbeit zeigte sich an den Verkaufszahlen. Peinlich wären Ladenhüter, die wir wenigstens ohne Verlust zum Einkaufspreis schließlich zum Sommer- und

Winterschlussverkauf hinausschleudern müssten. Also war ich besonders bemüht, die eingekauften Schmuckstücke wieder möglichst gewinnbringend zu verkaufen.

Generell setzte Schmuckeinkauf aber Kenntnis über zu erwartende Modetrends voraus, nur so ließ sich Schmuck und Konfektion sinnvoll koordinieren. Meine Chefin fand es deshalb notwendig, dass ich einen Einblick in die zu erwartenden Kollektionen für das nächste Jahr gewann. Sie wollte diesmal mehrere Angestellte zur *Igedo* nach Düsseldorf mitnehmen.

„Es wäre schön, wenn Sie dabei wären", informierte sie mich, ohne jeden Zweifel an meiner Zustimmung.

Zwei Tage mit einer Übernachtung hatte sie geplant.

„Igedo? Was soll das sein?", fragte mein Mann
„Das ist die größte Mode-Fachmesse der Welt."
„So, und was sollst du da?"
„Mich über die Mode der nächsten und übernächsten Saison informieren."
„So ein Quatsch! Was geht dich das an?"
„Ich muss doch Bescheid wissen, damit ich den passenden Schmuck ordern kann."
„Das ist auch so was! Wozu musst du Schmuck einkaufen? Wirst du dafür bezahlt? Ich denke, du bist Verkäuferin?"

Er zeigte keine Einsicht, dass diese Dienstfahrt für mich notwendig war. Als er dann noch erfuhr, dass ich zwei Tage dazu unterwegs sein musste, wurde er richtig ärgerlich. Diesmal war ich jedoch fest entschlossen und machte ihm klar, auch gegen seinen Willen der Einladung meiner Chefin zu folgen.

„Das wollen wir erst einmal sehen! Da habe ich noch ein Wörtchen mitzureden!", verließ er voller Wut Tür knallend die Wohnung, setzte sich ins Auto und brauste mit aufheulendem Motor davon.

Besser war es, mein Anliegen vorerst nicht wieder ins Gespräch zu bringen. Nachdem ich aber sorgfältig organisiert hatte, dass weder er noch unser Kind während meiner Abwesenheit unterversorgt waren, konnte ich ihn schließlich doch mit Engelszungen zu einer Einwilligung überreden.

16.

Bis nach Düsseldorf war mit 3 Stunden Autofahrt zu rechnen. Der Abfahrtstermin war am frühen Morgen. Wir wollten unter den ersten Besuchern sein und von langen Wartezeiten an den Verkaufsständen verschont bleiben.

„Am Nachmittag ist der Andrang besonders groß", bereitete die Chefin uns vor.

Sie chauffierte den Mercedes. Frau Mertens saß auf dem Beifahrersitz, Frau Richard und ich hatten es uns auf dem Rücksitz bequem gemacht. Die Fahrt verlief reibungslos. Die Fahrerin hatte schon unzählige Male die jährlich im Frühjahr und Herbst stattfindende, von der Interessengemeinschaft für Damenoberbekleidung geschaffene, Fachmesse besucht. Sie kannte sich gut aus, kannte sogar den Direktor persönlich.

Zielsicher war der Ehrenhof, ein mächtiger Gebäudekomplex aus den 20er Jahren, in dem die Messe stattfand, erreicht und ein Parkplatz gefunden. Unsere Reisetaschen blieben im Kofferraum. Geld, Vivil, Tempos und Ausweis, Kosmetiktäschchen mit Kamm, Puderdose, Gloss, Kajal, Maskara und Lidschatten trug ich in meiner Handtasche. Wir bekamen Billetts ausgehändigt.

„Bewahren Sie sie gut auf, damit haben Sie morgen auch noch Eintritt."

Wir betraten das Messegebäude. Erwartungsvoll sah ich mich um. Das sollte eine Modemesse sein? Ich hatte mit einer glamourösen Umgebung gerechnet, mit Schönheit, Eleganz, Luxus. Stattdessen eine Box neben der anderen, voll gepfercht mit überfüllten Kleiderständern.

Bekleidungshersteller aus der Bundesrepublik Deutschland präsentierten dem Einzelhandel ihre gesamte Produktpalette für kommenden Herbst und Winter, sowie Mode für Frühjahr und Sommer im darauf folgenden Jahr.

Die Ideen der Designer der Mode-Hochburgen in Paris, Mailand, London und New York waren aufgegriffen, Tragbares herausgefiltert und Modelle für die Massenproduktion gefertigt. Was aber war bei dieser Vielfalt Trendsetter? Wie konnte man jetzt, wo man sich auf leichte Bekleidung für die endlich wieder wärmere Jahreszeit freute, Geschmack an zukünftiger schwerer Winterware finden? Der Einzelhandel war gezwungen, sich mindestens neun Monate im Voraus für den Einkauf zu entscheiden.

Ich bewunderte meine Vorgesetzte, die ein Gespür dafür hatte, welche Modeneuheit sich durchsetzen und für ihre Kundschaft geeignet sein wird.

Zusammen mit unserer Eintrittskarte war jedem von uns ein Wegweiser zu den Verkaufsausstellungen und ein Veranstaltungsprogramm ausgehändigt worden. Namhafte Firmen führten Modeschauen durch.

Meine Chefin schaute auf die Uhr.

„Wenn wir uns beeilen, kommen wir gerade noch rechtzeitig."

Sie hastete uns voraus, kannte den Weg. Wir trippelten ihr wie Gänse hinterher, bis wir zu einem abgetrennten Raum kamen. Vor einem Vorhang war eine einfache Holzrampe aufgebaut, einige unkomfortable Stühle standen darum herum. Viele Besucher waren noch nicht da. Wir nahmen Platz.

Eine junge Frau verteilte Papier und Bleistifte. Ein Herr trat ans Mikrophon, begrüßte freundlich das Publikum und erklärte uns den Ablauf. Er drückte auf die Taste eines Kassettenrekorders, Musik ertönte, der Vorhang öffnete sich kurz und ein Mannequin betrat den Laufsteg. Besonders schön war die junge Dame nicht, aber groß und sehr, sehr dünn. Der

Conférencier beschrieb nun genau Farbe, Muster, Schnitt und Material des vorgezeigten Kleidungsstückes, während die Vorführende auf und ab lief, dazwischen stehen blieb, sich drehte, dümmlich in den Zuschauerraum lächelte und den Gästen ein Schild entgegenstreckte. Darauf stand die Modellnummer, die man sich aufschreiben musste, falls man am Verkaufsstand der Firma entsprechend ordern wollte. Die Vorführung der gesamten Kollektion dauerte eine halbe Stunde. Danach hätte ich nicht mehr sagen können, was mir besonders gefallen hatte. Aber meine Chefin hatte sich Notizen gemacht und war schon auf dem Weg zum nächsten Fabrikanten.

Sie steuerte nur ihr vertraute Geschäftspartner an, beachtete nicht jeden Verkaufsstand. Das sparte Zeit.

Mir war unerklärlich, wie man sich in diesem Riesenangebot überhaupt zurechtfinden konnte. 1400 Aussteller boten ihre Artikel an. Von Montag bis Donnerstag hatte man Zeit auszuwählen. Das erschien mir viel zu kurz. Unser Aufenthalt sollte außerdem nur zwei Tage dauern. Da hätten wir ja pro Tag 700 Stände aufsuchen müssen, um das gesamte Angebot in Augenschein nehmen zu können.

Die Besucherzahl nahm ständig zu. Wir hasteten weiter. Keine Zeit für Bummeln und Inspiration. Der gesuchte Verkaufsstand war erreicht.

„Guten Tag, Frau Mitlewsky, wie läuft das Geschäft?", gab meine Chefin der dort wartenden

Dame die Hand und kam, ohne auf eine Antwort zu warten, gleich zum Geschäftlichen.

„Kann ich mal Nr.26 sehen?"

„Selbstverständlich", griff die Mitarbeiterin zu dem Kleiderständer. Sie rückte die nummerierten, aber durcheinander geratenen Modelle von rechts nach links, bis sie die gewünschte Nummer fand.

„Was meinen Sie?", wandte sich die Chefin an uns, „wäre dieses Kleid etwas für uns?"

„Die Farbe finde ich fürchterlich", wagte Frau Richard einzuwenden, wurde aber sofort belehrt:

„Pink ist die Modefarbe im nächsten Jahr. Ein absolutes Muss!"

„Aber die Länge ist ja grausam, die geht ja bis zur Wade?", war auch ich entsetzt über diese altmodische Rückentwicklung; jetzt, nachdem wir all unsere Kundinnen überzeugt hatten, dass die Minimode das einzig Richtige sei.

Ich selbst hatte alle meine Röcke unwiderruflich abgeschnitten. Werden sie nächstes Jahr unmodern sein? Muss ich dann alles wegwerfen, mich neu einkleiden?

„Mini ist vorbei! Die Dame, die etwas auf sich hält, trägt midi. Der neue Trend!"

„Und was ist mit der Maximode?", fragte Frau Mertens interessiert. Sie hatte sich gerade einen langen Sommerrock gekauft.

„Der findet sich höchstens noch im Folklorebereich. Das ist nicht unser Genre."

Unsere Einwände verunsicherten unsere Chefin.

„Ich glaube, ich bin vorsichtig. Wir ordern mal besser nur in Größe 40 und 42. Junge Mädchen werden das nicht anziehen wollen. Sie wissen ja, Heidelberg ist ein besonderes Pflaster, mit den vielen Studenten. Gibt es das Modell auch noch in anderen Farben?"

„Hier ist der Muster-Katalog", legte die junge Dame einen dicken Ordner vor, in dem seitenweise kleine, mit der Zackenschere geschnittene Stoffstücke die Auswahlmöglichkeit demonstrierten.

„Für dieses Modell käme Seite 5 bis 8 in Frage. Darf ich Ihnen eine Tasse Kaffee anbieten?", fragte sie uns, wohl in der Hoffnung auf einen Abschluss, während meine Chefin blätterte.

„Oh, ja, vielen Dank!"

Ich hatte nicht nur Durst, ich verspürte auch Hunger. Aber zum Essen war keine Zeit. Es war schon 15 Uhr. Lediglich ein kurzer Toilettengang war gestattet.

„Will jemand ein Pfefferminz?", bot ich aus der kleinen grünen Stange die rechteckigen Bonbons an.

Die Bestellung wurde unterschrieben, ein Durchschlag ausgehändigt, und schon ging es weiter.

Bei der nächsten Vorführung wurden Hot Pants als die Sensation für den Winter und den nächsten Sommer angeboten. Wir konnten uns ein Grinsen nicht verkneifen. Frankreich war Deutschland ein Jahr voraus. Auch dieser Fabrikant zeigte den Midi-Rock. Er war vorne geknöpft und das Mannequin trug ihn bis zum Oberschenkel geöffnet, sodass darunter ein heißes Höschen zum Vorschein kam.

„Das ist frech!"

Dieses Modell fand unsere ungeteilte Zustimmung und wurde auch in kleinen Größen geordert.

Im Nu war der Nachmittag verflogen. Viel hatte unsere Chefin nicht bestellt. Bei diesem Umbruch im Modediktat schien ihr vorsichtiges Taxieren angebracht. Nur einmal noch wurde sie mutig. Vielleicht, weil in Paris im letzten Winter darüber Andeutungen gemacht worden waren. Gleich mehrere Aussteller hatten diese Anregung aufgegriffen und stellten die Messeneuheit in ihrer neuen Kollektion für die nächste Saison vor. Eine über dem Becken eng anliegende Hose, dessen Beine sich ab dem Knie trapezförmig weiteten. Schlaghose nannte man diese Art.

„Das wird einschlagen!", war meine Arbeitgeberin überzeugt und bestellte ordentlich. Und ebenso überzeugte sie die den Oberschenkel locker umspielende Hosenvariante in weich fließenden, eleganten Materialien in puderfarbenen Tönen: die *Marlene-Dietrich*-Hose. Etwas für Langbeinige. Frau Konrad wird begeistert sein, kam mir spontan in den Sinn.

Als wir am Abend das Messegelände im renommierten Stadtteil Golzheim verließen, schwirrte mir der Kopf von den vielen Eindrücken.

17.

Ein Glück, dass unser Aufenthalt gut vorbereitet war. Zunächst ging es in ein kleines Hotel garni, wohl aus Kosten sparenden Gründen etwas außerhalb von Düsseldorfs Innenstadt. Eine halbe Stunde zum Frischmachen wurde gewährt, dann fuhren wir mit dem Taxi in eine historische Gaststätte Düsseldorfs, in dem in weiser Voraussicht ein Tisch für vier Personen für uns reserviert worden war. Wir wären sonst, wie viele andere Eintretende, abgewiesen worden. In der Messezeit platzte die Stadt aus allen Nähten. Das Abendessen wurde uns spendiert und ich entschied mich, wenn ich schon einmal hier war, für den Rheinischen Sauerbraten. Dazu trank ich ein Hausbier des Brauhauses *Schuhmacher*. Schon Johann Wilhelm, Kurfürst von der Pfalz, dessen Wohnsitz in Heidelberg von den Franzosen zerstört worden war und den es der Liebe wegen hierher an den Rhein verschlagen hatte, zechte im Gasthaus *En de Canon*.

„Zum Wohl, Jan Wellem!"

Die Entspannung tat gut!

Unsere Gastgeberin fasste, während wir auf die Bestellung warteten, noch einmal das Geschehen des Tages zusammen.

Unsere müden Knochen ruhten sich derweilen aus.

Nach dem Essen verabschiedete sich unser Oberhaupt. Sie sei müde, müsse sich für den nächsten Tag wappnen.

„Wir sehen uns morgen früh zum Frühstück, sagen wir um acht!"

Jetzt hatten wir Feierabend. Gestärkt waren wir. Vergessen waren die tagsüber erlittenen Strapazen.

Wir sahen uns um. Sollten wir hier bleiben? Nein, wir wollten etwas erleben! Darin waren wir uns einig. Unternehmungslustig preschten wir davon und landeten in einem Tanzlokal. Wir kamen in einen großen Raum, in dessen Mitte Tanzwilligen eine freie Fläche eingeräumt war. Ringsherum luden viele Sitzgruppen zum Verweilen ein. Von einer Empore aus konnte man auf den Tanzsaal herunterschauen.

Das Publikum schien im reiferen Alter zu sein. Mit meinen 25 Jahren kam ich mir deplaziert vor. Nur zögernd setzte ich mich. Wir hatten noch nicht einmal bestellt, da war schon ein Herr vor Frau Mertens getreten und verbeugte sich:

„Darf ich bitten?"

Sie ließ sich von ihm auf die Tanzfläche führen. Ein Walzer ertönte.

„Können Sie tanzen?", fragte ich Frau Richard, von der ich nur wenig Privates wusste. Da erfuhr ich, dass sie im Gegensatz zu mir eine Tanzschule besucht hatte und mit den Standarttänzen, selbst mit den lateinamerikanischen, vertraut war. Ich konnte nur Rock and Roll, Blues, Twist, Beat und das alles ganz ohne festgelegte einstudierte Tanzschritte. Vielleicht ein bisschen Walzer und Foxtrott. Bei Tango wäre ich aufgeschmissen.

„Möchten Sie tanzen?", wurde nun meine Kollegin gefragt.

Mich ließ sie am Tisch allein zurück. Wohl war mir dabei nicht. Irgendwie beschlich mich das Gefühl, dass ich gemustert wurde. Ich schaute mich um, aber niemand sah zu mir herüber. Wieso wurde ich nicht aufgefordert? Ich nippte an meinem Wein und schlug die Beine übereinander. Frau Mertens strahlte in den Armen des Unbekannten. Sie blühte richtig auf. Eine neue Melodie erklang. War es Cha-Cha-Cha? Hoffentlich kommt jetzt niemand. Verlegen stellte ich die Beine wieder nebeneinander, trank noch ein wenig und lehnte mich zurück. Frau Richard hatte nicht übertrieben, sie beherrschte die Schritte. Oben auf der Empore saßen ebenfalls Gäste. Manche sahen herunter. Ich zündete mir eine Zigarette an. Wieder ein Walzer. Frau Mertens wurde zurück an den Tisch gebracht. Ihre Nase glänzte ein bisschen.

„Damenwahl!", klang es aus einem Lautsprecher.

Ungeniert sprang sie sofort auf und forderte auf der gegenüberliegenden Seite einen älteren Herrn zum Tanz auf. Das würde mir nicht im Traum einfallen. Hoheitsvoll nahm ich noch einen Schluck und achtete auf gute Körperhaltung. Die Zigarette war geraucht. Meine Arbeitskolleginnen vergnügten sich beim Rumba. Hatte ich überhaupt Lust zu tanzen? Wenn jetzt jemand käme, ich würde ihn abblitzen lassen, war ich mir sicher.

Gelangweilt schaute ich mich um. Keiner von den Herren könnte mich auch nur annähernd reizen. Außerdem war ich verheiratet. Zwischendurch ging ich auf die Toilette, für einen überprüfenden Blick in den Spiegel. Es gab nichts auszusetzen. Mein hochgeschlossenes ärmelloses, ausgestelltes Kleid aus orangefarbenem Georgette, das ich modebewusst im

Empirestil geschneidert hatte, zeigte keinerlei Sitzfalten. Die Strumpfhose schmiegte sich laufmaschenfrei ans Bein. Die schwarzen Pumps wiesen keinerlei Kratzer auf. Bis jetzt war ich mit ihnen noch in keinem Abwassergitter, in keiner Straßenbahnschiene, zwischen keinem Kopfsteinpflaster hängen geblieben und hatte mir das Absatzleder kaputt geschoben. Auch die Frisur war in Ordnung. Die Haare hatte ich zu einem Pferdeschwanz zusammen gebunden und mit einer Haarsträhne das Gummiband umwickelt. Vielleicht ein bisschen streng, aber so liebte ich es. Und außerdem kamen so meine großen Ohrclips besser zur Geltung: dreieckförmig herunterhängende schwarze Perlenstränge, gleich dem Schmuck von Flamencotänzerinnen Und die Schminke? Perfekt. Selbstsicher schritt ich zu meinem Sitzplatz zurück. Ich hatte das Gefühl, als würde ich beobachtet. Frau Richard erwartete mich:

„Ach Gott, ich dachte schon, Sie wären gegangen, weil wir Sie so lange allein gelassen haben", empfing sie mich entschuldigend.

„Nein, nein, das macht mir überhaupt nichts aus, tanzen Sie nur, ich schau Ihnen gerne zu."

Es dauerte nicht lange, da wurde sie erneut zum Tanz aufgefordert.

Ich wählte gerade aus der Getränkekarte aus, was ich mir noch zu Gemüte ziehen könnte, da trat ein Herr an meinen Tisch.

„Haben Sie Lust zu tanzen?"

Die dunkle Stimme klang angenehm.

Einen Augenblick zögerte ich. Foxtrott? Das ging.

„Ich kann es ja mal probieren", antwortete ich kühl und stand auf. Er rückte meinen Stuhl an den Tisch und ging mir voraus zur Tanzfläche. Dort drehte er sich nach mir um, deutete mit einem Kopfnicken eine Verbeugung an und griff nach meiner Hand. Vorschriftsmäßig legte er seinen rechten Arm um meinen Rücken und setzte passend zum Takt mit dem richtigen Tanzschritt ein.

„Sie kommen nicht aus Düsseldorf, oder?", erkundigte er sich, ohne auch nur einen Augenblick aus dem Rhythmus zu geraten. Sicher führte er mich über das Parkett.

„Nein, ich bin aus Heidelberg."

Beschützend dirigierte er mich über die Tanzfläche.

Frau Mertens lächelte mir zu. Sie hatte ihre Arme vertrauensvoll um den Hals ihres Gegenübers gelegt.

Meine Hand lag locker auf dem Oberarm des Fremden. Aus feinstem Zwirn, der Blazer. Makellos der Hemdkragen. Glatt rasiert. Seine rechte Hand löste sich von mir, deutete mir vorher mit leichtem Druck an, dass ich mich unter seinem hoch über mir gestreckten linken Arm drehen sollte, einmal, zweimal. Dann zog er mich wieder zu sich, aber nicht zu nah, auf keinen Fall aufdringlich. Zurückhaltend hielt er den vorschriftsmäßigen Abstand ein.

„Igedo?"

„Ja."

Die Stadt war überschwemmt von Messebesuchern. Seine Vermutung war nahe liegend.

„Sie tanzen gut."

Das hatte er richtig erkannt. Wenn ich tanze, bemühe ich mich immer zu schweben, genau auf die Führung des Partners einzugehen, ihm möglichst nicht auf die Füße zu treten. Das nächste Stück war ein langsamer Walzer.

„Wollen wir?", fragte er rücksichtsvoll.

„Meinetwegen."

Seine Hand umschloss meine, nicht fest oder klammernd, sondern leicht, ohne jeglichen Besitz ergreifenden Anspruch. Gekonnt übernahm er die Führung. Selbst die Linksdrehung bereitete mir keine Schwierigkeit. Im Dreivierteltakt schoben wir uns langsam an Frau Richard vorbei. Ihr Tanzpartner wirkte unbeholfener.

„Sie sind mit Kolleginnen hier?"

„Wie kommen Sie denn darauf?", wunderte ich mich.

„Ich habe Sie gesehen, als Sie hereinkamen, Sie waren zu dritt." Er lächelte.

Darauf antwortete ich nicht. Ich fand auf einmal Vergnügen daran, möglichst wenig zu sagen, ihm ein Rätsel zu sein. Es war zu spüren, dass sein Interesse an mir wuchs. Schlecht sah er nicht aus. Wie alt er wohl war? Die Haare waren grau, beginnende Stirnglatze, im Gesicht schon einige tiefere Linien, die Lebenserfahrung verrieten. Die ausgeprägten Lachfalten um die Augen machten ganz deutlich, dass er eine Frohnatur war. Der Tanz war zu Ende.

Eine Tanzpause wurde angekündigt. Er begleitete mich zu meinem Tisch.

„Kennen Sie eigentlich unsere schöne Düsseldorfer Altstadt?"

„Nein."

„Oh, da wird es aber Zeit! Was halten Sie davon, wenn ich Ihnen die längste Theke der Welt zeige? Ich lade Sie ein!"

„Ich weiß nicht, ich muss morgen früh raus."

„Ach, das macht doch nichts! Wenn Sie schon einmal hier sind, kommen Sie, ich bin Düsseldorfer, kenne mich aus! Wollen Sie wirklich den ganzen Abend nur hier verbringen? Es gibt so viele andere tolle Lokale!", versuchte er mich zu begeistern.

Eigentlich war mir die Tanzerei auch zu lahm, das Publikum zu bieder. Vielleicht war mir nach Abenteuer. Was sollte schon passieren, wenn ich mit ihm ginge? Er könnte mein Vater sein. Solch eine Einladung hatten meine Kolleginnen nicht bekommen. Sie waren perplex, als ich ihnen Bescheid gab:

„Ich bin eingeladen worden. Wir gehen noch woanders hin. Tschüss!"

Als wir auf die Straße traten, nahm ich mir vor, genau darauf zu achten, was um mich herum geschieht. In kleinen Schritten stöckelte ich neben ihm in meinem schwarzen Lackmantel. Die lederne Kuvert-Handtasche hatte ich fest unter den Arm geklemmt. Die behandschuhten Finger tief in den Manteltaschen vergraben, den Mantelkragen hochgestellt schützte ich mich gegen die kühle Nachtluft.

„Als Erstes gehen wir *Zum Uerige*, dort trinken wir ein Altbier. Dat leckere Dröppke müssen Sie probieren, ein besseres gibt es nirgendwo."

Als wir das Lokal betraten, gab es ein großes Hallo. Mein Begleiter kannte den Wirt und den Kellner.

„Drei Alt", bestellte mein Gönner, nachdem wir Platz genommen hatten.

„Wieso drei?", wunderte ich mich.

„Einen für den Köbes."

Und tatsächlich, immer, wenn der Kellner vorbei kam, nahm er einen Schluck vom Spendierten, machte einen Witz in Düsseldorfer Platt und war bester Laune.

Wir zogen von Lokal zu Lokal. Überall wurde der Herr an meiner Seite freundlich mit Namen begrüßt und sowohl aufmerksam als auch entgegenkommend bedient. Schnell wurde mir klar, dass ich einen „bunten Hund" begleitete. Von allen seinen Bekannten wurde ich neugierig beäugt. Ich spürte, was sie dachten: Alle Achtung! Schau dir die an! Nicht schlecht, die Puppe! Wo er die wieder aufgegabelt hat? Aber sie waren durchweg höflich zu uns, begegneten uns mit Respekt.

Wer war er? Er hatte sich mir nicht vorgestellt. Näheres wusste ich über ihn nicht. Wie alt war er? Welchen Beruf hatte er? War er verheiratet? Das Bild, das ich mir von ihm machte, entwickelte sich aus dem äußeren Schein. Er war ein Kavalier. Sein Auftreten, seine Manieren, sein Aussehen ließen nichts zu wünschen übrig. Ein vollendeter Gentleman. Vermutlich ein Belami. Das weibliche Personal himmelte ihn an.

Unser Gespräch war ein Smalltalk, bewegte sich an der Oberfläche, gab keine persönliche Befindlichkeit preis. An meinem Ehering konnte er den Familienstand ablesen. Er machte keinerlei Versuche meine Treue auf die Probe zu stellen. Und doch hatte ich immer das Gefühl, er warte auf eine passende Gelegenheit, mir etwas näher zu kommen. Ermutigenden Anlass bot ich ihm nicht. Im Gegenteil, ich präsentierte mich extrem zurückhaltend, wortkarg, kühl und arrogant.

Nur einmal verlor ich meine Unnahbarkeit und ließ mich dazu herab, Kritik an ihm zu üben. Den ganzen Abend schon war ersichtlich, dass er auf großem Fuß lebte. Die Zechen, die er zu bezahlen hatte, blieben mir in der Höhe vorenthalten. Die Wahl der Getränke erfolgte ohne Rücksicht auf die stets gehobene Preiskategorie. Es floss der teuerste Champagner. Geld schien für ihn keine Rolle zu spielen. Oder doch? Setzte er diese lockere Handhabung nur deshalb ein, um mir zu imponieren? Als er einer Garderobiere vor meinen Augen ungeheuerliche 20 DM Trinkgeld gab, für diesen Betrag musste ich zehn Stunden arbeiten, fand ich das Maß des Angebens endgültig erreicht.

„Was versprechen Sie sich eigentlich davon, mit dem Geld so um sich zu schmeißen?"

„Wieso, was meinen Sie?"

„Haben Sie nicht der Garderobenfrau etwas viel gegeben? Da hätten doch auch fünf Mark gereicht. Ich finde diese Angeberei zum Kotzen!"

Weltmännisch bewahrte er Ruhe, ließ sich auf keinen Disput mit mir ein und entgegnete ernst:

„Die Frau hat sich gefreut, die verdient ja sonst kaum etwas. Und mir tut es nicht weh."

Das letzte Lokal, in das wir eingelassen wurden, nachdem wir durch eine geöffnete Fensterklappe in der Tür mit kontrollierendem Blick begutachtet worden waren, war maritim gestaltet. Runde Bulleraugen an den Wänden simulierten das Innere eines Schiffes. Schiffstaue und Relings trennten Sitznischen voneinander ab. Ein riesiges Boot in der Mitte des Raumes diente als Bar. Fischernetze spannten sich als Himmel. Bootslaternen, Anker, Steuerrad, wo man hinschaute, Schiffutensilien. Bis ins letzte Detail war hier seemännische Atmosphäre geschaffen worden. Selbst der Chef, er präsentierte sich in Kapitänsuniform. Mein Fremdenführer genoss diese Umgebung. Stolz war er, dass sein Düsseldorf mit solch einer Attraktion aufwarten konnte. Es war der Höhepunkt unseres nächtlichen Kneipenstreifzugs.

„Was möchten Sie trinken?"

„Ein Wasser, bitte!"

Diese Antwort hatte er schon in den letzten drei Nachtlokalen bekommen. Ich wusste, wann genug war.

Es war kurz nach vier, als ich darum bat, in meine Pension gebracht zu werden. Er versuchte nicht mich umzustimmen.

Ins Taxi stieg er mit ein, brachte mich bis zur Tür.

„Es war ein sehr schöner Abend mit Ihnen. Darf ich Sie morgen wieder sehen?"

„Es tut mir leid, das geht nicht. Aber trotzdem vielen Dank für alles!"

Wir verabschiedeten uns. Ich schloss die Tür auf. Er ging zum Taxi. Kurz drehte ich mich um und sah ihm nach. Ein einsamer, in die Jahre gekommener Mann. Hast dir wohl mehr versprochen? Tja, Pech gehabt! Mach et jut!

Pünktlich um 8 Uhr trafen wir uns, mehr oder weniger ausgeschlafen, zum Frühstück. Meine Chefin hatte beschlossen, länger in Düsseldorf zu bleiben und alle Messetage voll auszuschöpfen.

„Ich kann das unmöglich heute schaffen. Mit solch einem Andrang habe ich nicht gerechnet. So viele Aussteller, wie dieses Jahr, habe ich noch nie erlebt. Wir machen Folgendes, wir fahren jetzt zum Messegelände. Um 15 Uhr haben Sie dann noch etwas Zeit für sich. Da sollten Sie unbedingt die *Kö* besuchen. Um 18.15 Uhr geht ihr Zug nach Hause."

„Was ist „Kö"?", fragte ich. Meine Kolleginnen belehrten mich:

„Das ist die Königsallee. Eine ganz berühmte Einkaufsstraße mit vielen eleganten und teuren Geschäften."

„Die beste Adresse in Düsseldorf."

„Ja, wie zum Beispiel die Bahnhofstraße in Zürich."

Und sie zählten noch mehr Boulevards, Avenuen und Prachtstraßen ähnlicher Art auf.

Als wir am Nachmittag darauf schlenderten, auf dieser überbreiten Straße mit vier Gehsteigen und einem Wassergraben in der Mitte, kam ich mir richtig verloren vor. Auf der westlichen Seite ein Bankgebäude neben dem anderen, auf der östlichen Seite die Geschäfte. Wir betrachteten die Auslagen, sahen die Preise. Wer kann denn hier kaufen?

Spontan fiel mir der Herr von gestern Nacht ein. Ja, das war das richtige Pflaster für ihn. Hier hätte ich mich mit ihm verabreden können, wenn ich gewollt hätte. Er hätte meine Wünsche sicher erfüllt, wenn ich ihm entgegen gekommen wäre. Fast angewidert wandte ich mich von dem Pomp ab.

Meine Kolleginnen kamen aus dem Ah und Oh kaum heraus, währenddessen ich in die auszuschlagen beginnenden Kronen der den Wassergraben umsäumenden alten Bäume sah.

Im Sommer, wenn alles grün ist, muss es hier schön sein. Im Sommer ist dies hier wohl eine wahrlich königliche Allee.

18.

In Heidelberg hatte uns der Alltag schon am nächsten Tag wieder. Intensiv atmete ich die Auspuffgase der den Bismarckplatz umrundenden Autos ein, während ich zu meiner Arbeitsstelle ging.

Wie schön ist es hier! Alles eng beieinander und überschaubar. Keine endlosen Fußwege. Und die Menschen: die Touristen, die Studenten, die Heidelberger! Keine Schickimickis. Keine sündhaft teure Ware.

Ich überquerte die Sofienstraße, ging an der Hofapotheke vorbei und war auch schon da, in meinem geliebten Laden. Handtasche abstellen und gleich hinaus zur Kundschaft.

Eigentlich Tag für Tag dasselbe. Nur das Eintreffen der neuen Kollektionen versprach Abwechslung. Ich begann mich zu langweilen.

Doch da geschah etwas Unvorhersehbares, unsere Hauptakteurin Frau Burckhardt brach sich das Bein. Welche Aufregung! Ausgerechnet jetzt zur Herbstsaison, wo das Geschäft besonders gut lief. Hätte das nicht in den heißen Sommermonaten passieren können, als wir oft genug tatenlos herumstanden, auf die menschenleere, von der Mittagsglut aufgeheizten Hauptstraße starrten und auf Kundschaft warteten?

Frau Konrad beriet ihre Freundin:

„Der Heilungsprozess eines Beinbruches dauert mindestens sechs Wochen, das muss dir klar sein. Im Verkauf könnte man die Lehrmädchen zusätzlich heranziehen. Aber was machen wir mit der Dekoration?"

Die Freundinnen schauten in meine Richtung.

„Frau Brenner?"

„Ja?"

„Kommen Sie mal bitte?"

Meine Chefin hatte auf einmal diesen verschmitzten Gesichtsausdruck, der sich immer dann einstellte, wenn sie etwas im Schilde führte. Er drückte gleichermaßen Verlegenheit als auch Siegesgewissheit aus. Diese leicht zusammengekniffenen Augen, mit denen sie mich überprüfend fokussierte. Und diese Mundwinkel, die unausgeglichen zuckten, als könnten sie sich weder für ein Lächeln noch einen Ausdruck des Unmutes entscheiden.

Erwartungsvoll kam ich ihrer Aufforderung nach.

„Frau Brenner, Sie wissen, dass Frau Burckhardt einen Unfall hatte. Sie ist die nächsten Wochen krank geschrieben. Trauen Sie sich zu für sie einzuspringen und die Schaufensterdekoration zu übernehmen?"

Frau Konrad, die meine Skepsis spürte, schaltete sich ein:

„Sie können das, kommen Sie!", versuchte sie mich zu einer Zustimmung zu überreden und fing an, meine allabendlichen Türdekorationen, denen ich mich schon seit geraumer Zeit widmete, zu loben.

Da fühlte ich mich geschmeichelt und sagte zu. Lange genug hatte ich meiner Kollegin assistiert, ihr professionelles Wirken immer genau beobachtet und mich unter ihrer Anleitung handwerklich versucht. Ja, ich traute es mir zu. Je mehr mir bewusst wurde, eine gesamte Schaufenstergestaltung eigenhändig ausführen zu dürfen, desto mehr wuchs in mir das Verlangen, mich sofort in die Arbeit zu stürzen.

„Wann soll umdekoriert werden?"

„Ich denke, Anfang nächster Woche."

„Haben Sie einen besonderen Wunsch?"

„Vielleicht etwas Herbstliches?"

Das lässt sich machen. Ich sah die Auslage schon vor mir, hatte meine Vorstellung. Sofort begann ich, die entsprechende Ware zusammenzustellen, führte Telefonate mit einem Antiquariat in der Altstadt, einem Musikhaus in der Hauptstraße und mit der Galerie *Vogel* mit der Bitte um alte Möbelstücke, Jagdhörner und Herbstgemälde als Leihgabe. Ich bekam Zusagen und schickte Lehrmädchen und Herrn Weber los, die Gegenstände abzuholen.

Als ich am Montagnachmittag eintraf, war das Fenster zur Hauptstraße laut meiner Anweisung ausgeräumt und Leihgaben, Dekorationsmaterial und Textilien standen bereit. Vier Stunden brauchte ich für die Dekoration. Bis zum I-Tüpfelchen ausgefeilt waren die Arrangements in Form und Farbe. Oft war ich, um den Eindruck auf den Betrachter nachvollziehen zu können, auf die Straße vor das Schaufenster gelaufen. Da war immer wieder noch einiges zu korrigieren. Hier musste ein Teil mehr nach vorne gebracht werden, dort war ein Preisschild leicht verdeckt, an anderer Stelle quoll modellierendes Seidenpapier unschön hervor, lagen vergessene Dekorationsnadeln auf der ockerfarbenen Molton-Bespannung. Erst als ich ganz sicher war, perfekte Arbeit geleistet zu haben, trat ich vor meine Chefin und bat um ihr Urteil. Sie nahm mich mit nach draußen. Langsam lief sie die Front ab, kam zurück, zusammen gingen wir über die Straße, um von weitem zu schauen. Wie fand sie das Gesamtergebnis? Wir traten noch einmal vor das Schaufenster. Sie sagte gar nichts. Gefiel es ihr nicht? Ihr Profil verriet keinerlei Regung. Jedes Detail abtastend wanderten ihre Augen über die Dekoration.

„Sie haben wirklich noch nie zuvor ein Schaufenster allein dekoriert?"

„Nein. Das ist heute das erste Mal", beteuerte ich.

„Das ist ja kaum zu glauben!"

„Ist es in Ordnung? Kann man es so lassen?"

Sie drehte sich zu mir um, strahlte mich an, hakte sich bei mir ein, als sei ich ihre beste Freundin und während wir langsam zur Eingangstür gingen, drückte sie meinen Arm an sich.

„Kindchen, das haben Sie großartig gemacht, einfach großartig!"

Danach musste ich ihr ins Büro folgen. Diese Leistung verlangte eine Belohnung.

„Statt einem Cognac hätte sie dir besser Geld für das Dekorieren gegeben", bemängelte mein Mann.

„Du mit deinem Geld, immer nur Geld, Geld, Geld!"

„Ist doch wahr!"

19.

Von nun an war ich stellvertretende Dekorateurin.

Frau Burckhard besuchte uns im Geschäft. Das gegipste Bein nachziehend, auf Krücken gestützt, schleppte sie sich in den Laden, um nach dem Rechten zu sehen. Sie wurde von uns allen umringt. Jeder nahm Anteil an ihrem Unglück. Doch sie ließ sich nicht unterkriegen, freute sich uns zu sehen.

Ein Stein fiel mir vom Herzen, dass sie mir das Stellvertreten nicht übel nahm. Auf keinen Fall wollte ich ihr ihre führende Position streitig machen.

Aber diese sympathische Frau erkannte meine Leistung an, war sogar ein bisschen stolz, dass sie mir Vorbild gewesen war. Eifersucht und Missgunst waren ihr fremd. Als sie wieder voll einsatzfähig war, teilten wir uns die Schaufenstergestaltung. Es waren die wenigen Momente, in denen sie mir ihr Herz ausschüttete. Sie litt unendlich unter der Tatsache, keine Kinder bekommen zu können. Nun wollte sie sich mehr Ruhe gönnen, nicht mehr so viel arbeiten, mehr auf ihren Körper Rücksicht nehmen.

„Ich werde mich selbstständig machen", kündigte sie an, „da kann ich mir die Arbeit einteilen."

Für meine Chefin war das schon ein besonderer Verlust. Sie verlor eine ihrer treuesten Mitarbeiterinnen, ihre tüchtigste und ehrlichste Kraft, die sich jahrelang in aufopfernder Weise um die Boutique gekümmert hatte. Aber als Geschäftsfrau musste man zuversichtlich in die Zukunft sehen. Es wird sich ein adäquater Ersatz finden. Keiner ist unersetzlich. Für die Dekoration hatte sie mich.

Schnell hatte ich mich an die neue Aufgabe gewöhnt. Einmal im Monat wurde die Schaufensterauslage verändert, zu Festtagen mit besonderem Dekorationsmaterial ausgeschmückt. Im Sommer- und Winterschlussverkauf kam zusätzlich noch das Bearbeiten der Scheiben mit auf die Rabatte hinweisenden Aufklebern dazu. Ob es das Bekleiden von Schaufensterpuppen nach herkömmlicher Art oder das Spannen, Stützen und Ausstopfen der Kleidungsstücke mit modernsten Hilfsmitteln war, Routine stellte sich ein. Die erforderlichen Handgriffe erledigten sich schließlich mit traumwandlerischer Sicherheit.

Erschwerend war nur, dass möglichst wenig Geld für Dekorationsartikel ausgegeben werden durfte. So kam es häufig vor, dass ich zwischen meiner Verkaufstätigkeit Blickfänge für das Fenster aus Tapete, Plakatkarton, Krepp- und Tonpapier, Farben und Marker selbst herstellte, in meiner Freizeit im Wald Naturmaterialien zusammentrug und überall nach Leihgaben Ausschau hielt. Die größte Herausforderung war für mich, mir Monat für Monat etwas Neues für die Schaufenstergestaltung auszudenken, um immer wieder erneut eine Stimmung zu vermitteln, die den Kaufwillen des Betrachters schürt.

Meine Chefin war mit meinem Einsatz zufrieden, freute sich über meinen Ideenreichtum und verließ sich auf mich.

Dieses Vertrauen beflügelte mich zunehmend zu geradezu künstlerischer Entfaltung. Kaum hatte ich ein Schaufenster gestaltet, machte ich mir schon Gedanken über die Thematik der nächsten Dekoration. Ich blätterte, nach Anregung suchend, in Hochglanzmagazinen, stöberte in Kunstbildbänden nach geeigneten Motiven, nahm mir ein Beispiel an den Auslagen der Konkurrenz und fing an verkaufspsychologische Aspekte mit einzubeziehen.

So kam es eines Tages zu einem Schaufenster besonderer Art.

Ich hatte mir überlegt, was ich tun könnte, um den Vorbeilaufenden auf der Straße zu bewegen, vor dem Fenster stehen zu bleiben. Neugier müsste man erwecken.

Waren es Objekte der Op-Art, gestalterische Verrücktheiten auf ausländischen Messen, war es der Einfluss von Film und Fernsehen? Irgendetwas musste mich unbewusst zu diesem Gag veranlasst haben: Ich verengte die Blickmöglichkeit des Betrachters. Aus weißen, 10 cm breiten Pappstreifen hatten das neue Lehrmädchen Bettina und ich tagelang Röhren mit einem Durchmesser von 30 cm gebastelt. Fast 50 Stück davon klebten wir zu einem riesigen Vorhang zusammen und bedeckten damit die gesamte Fensterinnenfläche. Näherte sich ein Passant dem Schaufenster, sah er von der Seite zunächst eine undurchsichtige weiße Papierfläche. Erst, wenn er in Augenhöhe mit einer Röhrenöffnung war, konnte er die Schaufensterauslage einsehen. Von Guckloch zu Guckloch musste er gehen und immer wieder stehen bleiben um zu erkunden, welches Geheimnis sich hinter dem papiernen Vorhang verbarg.

Freudentänze hätte ich am liebsten aufgeführt, als ich feststellte, dass meine Strategie aufging. Keiner ging vorbei. Jeder blieb neugierig stehen.

Stolz wie ein Pfau widmete ich mich wieder meiner Aufgabe als Verkäuferin.

Wir hatten alle gut zu tun, da erschreckte uns völlig unvermittelt ein dumpfer Knall. Er kam aus der Richtung des Schaufensters. War ein Aufbau zusammengestürzt? Ich schaute nach. Nein, es war alles in Ordnung. Da, schon wieder: Wumm! Und noch einmal: Wumm! Ich sah durch eine der Röhren, wie sich eine Frau die Stirn rieb.

Frau Konrad trat neben mich.

„Was ist das für ein Geräusch? Klopfen die Leute an unsere Schaufensterscheibe?"

„Ich weiß auch nicht."

Das Geräusch hatte aufgehört. Wir eilten wieder zu unseren Kundinnen.

„Passt es?", fragte ich die junge Frau in der Ankleidekabine.

„Ich glaube, ich brauche es eine Nummer größer."

„Also in Größe 38? Ich schau mal nach."

Bis zum Abend hatten wir dieses knallende Geräusch mehr oder weniger laut noch ein paar Mal gehört.

Vor dem Schaufenster sammelte sich zuweilen eine Menge Gaffender und mancher davon stieß an die Scheibe. Können sie nicht aufpassen, dachte ich?

Als ich am nächsten Nachmittag meine Schicht antrat, sollte ich mich zu allererst bei der Chefin melden. Sie hatte meine Dekoration ja gestern gar nicht gesehen. Sie wird bestimmt begeistert sein. Ich klopfte.

„Herein!"

„Guten Tag!", betrat ich fröhlich den Raum.

„Frau Brenner! Endlich! Gut, dass Sie da sind. Was haben Sie denn da angestellt!", schimpfte sie.

„Wieso?"

„Dieser Röhrenvorhang! Was haben Sie sich denn dabei gedacht?"

Sie unterbrach meine erklärenden Ausführungen:

„Das mag ja alles sein. Aber so geht es trotzdem nicht. Wissen Sie, dass sich die Leute an unserem Schaufenster den Kopf stoßen? Um etwas sehen zu können, müssen sie so nah an die Scheibe treten, dass sie das Glas rammen. Die Leute sind ganz schön empört. Und mit Recht! Ich habe keine Lust, wegen Ihrem dämlichen Einfall noch Schadensersatz leisten zu müssen! Sie entfernen auf der Stelle diesen Pappfirlefanz!"

Ohne diesen Vorhang sah das Fenster richtig langweilig aus. Aber vorerst fügte ich mich wieder in die Spießigkeit des strengen Festhaltens an Bewährtem.

20.

Der Werdegang von Natalia, der Tochter unserer Vorgesetzten verlangte unterstützende Maßnahmen. Die Internatszeit war zu Ende und die junge Dame sollte die bestmöglichste Ausbildung als Einzelhandelskauffrau in der Modebranche erhalten. Ziel war die Übernahme des Lebenswerks der Mutter. Der verwöhnte Teenager, der in der Schweiz auch im Internat nicht gerade pflegeleicht gewesen war, hielt ihre Mutter ganz schön auf Trapp. Das Mädchen wollte sich nicht so richtig in den heimischen Betrieb einfügen. Das fing schon mit dem Aussehen an. Sie hatte ihren eigenen Geschmack, der so gar nicht mit den Vorstellungen ihrer Mutter in Einklang zu bringen war. Wie konnte man sich nur mit grünem Lack die Fingernägel verunstalten, das Haar wild auftoupieren und mit riesigen Creolen an den Ohren zur allgemeinen Belustigung beitragen? Auf dem Marktplatz hätte sie sich unauffällig zwischen den dort lümmelnden Jugendlichen einreihen können. Fehlte nur noch die Vorliebe für Joints. Diesbezüglich konnte man bei ihren Freunden, die neuerdings in der Boutique ein- und ausgingen, nicht sicher sein. Ihr Fleiß hielt sich auch in Grenzen und ein seriöses Bestreben an einer fundierten Lehre war nicht zu erkennen.

„Komm, Schatzilein!", versuchte Frau Konrad die Halbwüchsige, die sie schon seit deren Geburt kannte, zum Mitarbeiten zu bewegen. Doch das Mädchen hatte als Tochter der Inhaberin ganz andere Vorstellungen von Pflichtbewusstsein. Eigenwillig machte sie das, was sie wollte. Sie ging lieber aus, einkaufen, ins Kino *Harmonie & Lux* und vor und danach in die angrenzende Snackbar. Im *Shepard's Lounge* und abends im *Capi-Keller* hielt sie sich auf. Ihre Mutter versuchte es mit Strenge und Verbot. Die Tochter sträubte sich, widersprach, hatte ihren eigenen Kopf. Frau Konrad nahm das Kind in Schutz.

„Lass sie doch! Sie wird schon von alleine vernünftig. Vielleicht solltest du dich auch mehr um sie kümmern, sie war lange genug im Internat."

„Und was ist mit ihrer Ausbildung? Sie ist schließlich schon sechzehn."

„Lass ihr doch Zeit. Ein Jahr mehr oder weniger spielt doch überhaupt keine Rolle."

„Nein, nein, nein. Sie muss lernen, dass einem nichts von alleine in den Schoß fällt, dass das Geld nicht auf der Straße liegt."

„Und was willst du tun?"

„Auf mich hört sie nicht. Ich schicke sie zu Madame Ruand nach Paris. Sie ist eine erfahrene Geschäftsfrau und außerdem führt sie zusätzlich Kindermoden. Vielleicht macht meiner Tochter der Umgang mit den Kleinen Spaß. Französisch kann sie ja. Aber ansonsten ist es richtig. Ich muss mich mehr um Natalia kümmern. Dann fahr ich eben öfter nach Frankreich und sehe nach ihr."

Die Entscheidung meiner Chefin zeigte Erfolg.

Als Natalia nach einjährigem Auslandsaufenthalt zu einem Zwischenbesuch nach Heidelberg kam, begegnete sie uns als höfliche junge Erwachsene mit großem Interesse für ihr zukünftiges geschäftliches Umfeld. Modern, aufgeschlossen und dynamisch war sie und es zeichnete sich ab, dass die Fußstapfen ihrer Mutter nicht zu groß für sie sein würden.

„Die Schaufensterpuppen in Paris sind mit schwarzem Samt bezogen und der Kopf ist ohne Gesicht", wandte sie sich an mich.

So eine Scheußlichkeit konnte ich mir, sonst immer offen für alles Neue, nun wiederum gar nicht vorstellen.

Ein Monat nach dem Besuch der Juniorin trafen zwei Exemplare ein. Am äußersten Ende des letzten, zur St. Annagasse gewandten, Seitenfensters, weit ab vom strömenden Publikumsverkehr auf der Hauptstraße, räumte ich den beiden finsteren Gestalten widerwillig einen Platz ein.

Kaum ein Kleidungsstück aus unserem Sortiment war auf diesen schwarzen, unförmigen, den menschlichen Körper nur andeutenden Schaumstoffklumpen zum Kauf animierend zu drapieren. Um die dunklen, kahlen Samtköpfe halbwegs ansprechend wirken zu lassen, stülpte ich über den vorderen einen großen, breitrandigen Schlapphut und band dem hinteren einen langen Schal mit Paisley-Muster um die Stirn. Dazu passte über einem bunt bestickten Russenkittel ein Anatevka-Rock mit Fransengürtel. Die vordere Figur machte sich mit einem knalligen Polohemd, stilvoll ergänzt durch eine St.Tropez-Hose, auch nicht schlecht. Danach behängte ich beide mit reichlich viel Kettengewirr aus farbigen Holzperlen. Je mehr ich den schwarzen Untergrund verdeckte, desto passabler erschien mir die Wirkung. Kritisch beäugte ich das Resultat: auf jeden Fall gewöhnungsbedürftig.

Unsere Chefin hatte sich schon öfter von der jugendlichen Sicht des Nachwuchses inspirieren lassen, obgleich sie selbst eine konservative, elegante Bekleidung bevorzugte und auch den ebenso denkenden Damen der gehobenen Gesellschaft in Heidelberg und Umgebung sehr erfolgreich eine beachtliche Nische in ihrer Boutique dafür einräumte.

Die riesige Vielfalt im Angebot, besonders für die jüngere Generation, erschwerte die Entscheidung zur Auswahl. Welche Trends werden sich durchsetzen?

Zudem bahnte sich ein grundlegender Wandel in der Textilindustrie an, der in den Großstädten bereits sichtbar wurde. Stereotype Massenware in Kaufhäusern und Kettenläden mit nicht zu überbietenden Niedrigpreisen fing an den Markt zu überschwemmen.

Modedesigner, bei denen der Einzelhandel bisher schicke, ausgefallene Modelle preisgünstig ordern konnte, sparten sich den Zwischenhandel, eröffneten nun ihre eigenen Läden, um gewinnträchtig beim Endverbraucher zu kassieren.

Mit welchen Maßnahmen konnte man dieser Entwicklung versuchen entgegen zu treten? Wie konnte man sich über Wasser halten, um nicht von den Großen in diesem Geschäft verschluckt zu werden? Schon einmal hatte meine Chefin in einer Flaute versucht mit Umbau und Service die Kundschaft bei der Stange zu halten. Der Kraftaufwand hatte sich damals gelohnt.

Natalie glaubte, die Lösung gefunden zu haben und machte ihrer Mutter Mut.

„Die Artikel, die wir anbieten, sind in Ordnung. Es ist für alle etwas dabei. Dabei legen wir Wert auf

Qualität. Dass das etwas mehr kostet, ist doch klar. Die modebewusste Dame, die etwas auf sich hält, wird sich nicht im Kaufhaus einkleiden. Und mit unserer jungen Mode lagen wir bisher auch immer richtig und waren, dank deiner Direkteinkäufe im Ausland, allen anderen in Heidelberg weit voraus. Wir müssen noch mehr versuchen, die Aufmerksamkeit der Bevölkerung auf unseren Laden zu lenken. Das geht eigentlich nur mit Werbung. Die Schaufenster alleine reichen nicht aus. Wie wäre es denn, wenn wir Modeschauen veranstalteten? Eine Modeschau für Studentinnen zum Beispiel. Das wäre es doch! Was meinst du? Was ganz Flippiges, vielleicht in einem Studentenkeller? Das stelle ich mir gut vor. Oder aber vornehm und teuer im *Europäischen Hof* für die High Society?"

Unser Verkaufsteam war gleich „Feuer und Flamme".

Die Chefin kümmerte sich um Mannequins.

Drei Damen mit Konfektionsgröße 36, 38 und 40 trafen in den nächsten Tagen ein und es galt, die von uns zusammengestellte Ware sie anprobieren zu lassen. Jede bekam ihren eigenen Kleiderständer mit der auf ihren Typ zugeschnittenen Vorführware. Erstaunlich, wie geduldig die jungen Frauen ihrer Arbeit nachkamen. An- und Ausziehen, Stillstehen zur Begutachtung, Fehler durch die Schneiderin für die Änderung markieren lassen.

Den passenden Schmuck zu der Bekleidung hatte ich ausgesucht, alle anderen Accessoires Frau Mertens.

Keine zickige Äußerung wie „Oh, das steht mir aber gar nicht!", „Die Farbe gefällt mir nicht, haben sie nicht eine andere?", „Wie viel soll ich denn noch anprobieren?", kam ihnen über die Lippen. Wortlos kamen sie ihrem Beruf des An- und Auskleidens nach, gingen jedes Mal überprüfend einige Schritte und standen danach einfach da, um sich widerspruchs- und teilnahmslos ausstaffieren zu lassen.

Wenn wir am Aussehen etwas zu bemängeln hatten, wurde es korrigiert. Schließlich war die Kollektion perfekt zusammengestellt und mit Nummern versehen, um die Reihenfolge auf dem Laufsteg festzulegen.

Wahrscheinlich hatte ich es meiner Jugend zu verdanken, dass ich schon wieder herangezogen wurde:

„Meine Tochter hat von einem Studentenkeller gesprochen. Haben Sie eine Ahnung, wo es so etwas in Heidelberg gibt?"

„Nun, da gibt es das *Cave*, das ist eigentlich ein Jazz-Keller, für eine Modenschau viel zu eng, den *Capitol-Keller* in der Bergheimerstraße, da ist das Publikum aber nicht so besonders. Vielleicht meint Ihre Tochter die *Falle* in der Friedrich-Ebert-Anlage? Ja, das könnte ich mir vorstellen. Das ist ein mehrräumiges, großes Kellergewölbe. Das würde sich für eine Modenschau eignen."

„Kümmern Sie sich bitte darum, dass wir die Räume bekommen? Am besten an einem Mittwochnachmittag."

Nachdem ich den Termin festgemacht hatte, wurde ich mit der Besorgung des Lichts und der Beschallung beauftragt und letztendlich hatte ich auch noch die Ansage zu übernehmen. Das hatte ich wohl meinem manchmal vorlauten, sich in alles einmischende, immer das große Wort führende, unerschrockenen Verhalten zu verdanken. Meine Arbeitgeberin hatte mich richtig eingeschätzt. Ohne Scheu übernahm ich den Auftrag.

Mein Mann sagte dazu nichts. Allmählich fand er sich damit ab, dass mir meine beruflichen Aufgaben so wichtig waren. Zum Glück kümmerte sich seine Mutter um unser Kind, wenn ich nicht zu Hause war, denn die Überstunden häuften sich. Er zeigte keinerlei Interesse an meinem Einsatz im Geschäft. Für ihn zählte nur das finanzielle Zubrot und dass ich meinen häuslichen Pflichten nachkam. Seine Unzufriedenheit über meine ständige Horizonterweiterung, die seine Überlegenheit zu beschneiden drohte, fand immer öfter Ausdruck in ausgiebigen Trinkgelagen bis spät in die Nacht, an mir unbekannten Orten.

Eine gewinnbringende Resonanz war nach unseren Anstrengungen um zusätzliche Werbung leider nicht zu verzeichnen.

Zwei Modenschauen, die wir veranstalteten, waren gut besucht, da konnten wir uns nicht beklagen. Sie verliefen reibungslos und bekamen viel Applaus. Mag sein, dass sich unsere Präsentationen herumsprachen, dass sich unsere Boutique noch mehr als bisher einen Namen machte. Aber die Anzahl der Damen, die dadurch angeregt direkt den Weg zu uns fanden um zu kaufen, war mehr als überschaubar.

„Die Unkosten bekommen wir nicht wieder rein", resümierte unsere Chefin, „so ein Aufwand lohnt sich also in Zukunft nicht."

21.

Ihr bisher eingeschlagener Weg zu geschäftlichem Erfolg schien ihr aussichtsreicher. Der direkte Einkauf im Ausland mit sofortiger Auslieferung der Ware schien am gewinnbringendsten zu sein. Nur auf diese Weise konnte sie wirklich mit der Zeit gehen, den augenblicklichen Geschmack der jungen Kundschaft treffen und die Gefahr, auf Ladenhütern sitzen bleiben zu müssen, verringern. Hier werde sie sich verstärkt einsetzen. Dazu brauchte sie eine versierte Kraft, die während ihrer Abwesenheit die Zügel in der Boutique übernahm.

Die junge Frau, die sie für diese Aufgabe einstellte, faszinierte mich vom ersten Moment an. Frau Handke war anders als wir, absolut außergewöhnlich.

Das fing mit ihrem Aussehen an. Ich konnte mich nicht satt sehen an ihr. Sie hatte schwarze, gewellte Haare, die sie locker mit mehreren Kämmen hochgesteckt trug, so dass sich wie unkontrolliert an etlichen Stellen vorwitzige Locken einen Weg aus der Umklammerung bahnen konnten. Bei jedem Schritt, den sie machte, wippten sie keck und verschafften dadurch der ganzen Person eine aufregende Dynamik.

Im Verkauf, so wie wir, arbeitete sie nicht. Ihr oblagen die administrativen Aufgaben. Aber sie musste täglich an uns vorbei in die höher gelegenen Räume.

War sie wirklich so selbstsicher, so uns überlegen, wie es ihr fester Schritt, ihr aufrechter Gang mit hoch erhobenem Kopf, ihr kurzer Gruß, wenn sie an uns vorbeiging, zum Ausdruck brachten?

Ihre Haut war ganz hell, zart, empfindsam, an den Schläfen fast so durchsichtig, dass das pulsierende Blut in den Adern zu erahnen war. Ihr langer, schlanker Hals schien in seiner Nacktheit schutzbedürftig, denn sie trug immer einen Schal.

Sie hatte ein klassisches Profil, wie die etruskische Schönheit Velia aus dem 4.Jahrhundert v.Chr., bei der sich Stirn und Nase in fast gerader Linie verbinden.

Sie grenzte sich von uns ab. Ihr Schweigen und ihre reservierte Haltung uns gegenüber verbreiteten eine geradezu göttliche Aura um sie.

Und diese wurde noch unterstützt durch ihre auffallende Bekleidung. Sich jeglichem Modetrend widersetzend trug sie die Farbe Weiß. Schuhe, Strümpfe, Röcke, Kleider, Hosen, Blusen, Pullover, Jacken, Mäntel, Handschuhe, Schals, Kopfbedeckungen – alles in Weiß. Jeden Tag, Woche für Woche, Monat für Monat – unentwegt die Farbe

Weiß. Nur die Materialien wechselten: Leder, Pelz, unterschiedlich gewirkte Wolle, Seide, Samt bis hin zu hauchdünnem Organza. Und die Schnitte? Waren sie selbst entworfen, nach Maß geschneidert? Gewöhnliche Stangenware war das nicht. Die Stoffe schmeichelten, umflossen, von der wahren Figur nichts offenbarend, elegant ihren Körper. Nie eine Spur von Geschmacklosigkeit oder etwa Frivolität, nie die Möglichkeit eines Blickes auf unstatthafte Entblößung. Sie zeigte sich in der Öffentlichkeit immer geradezu verhüllt.

Zwischen meiner Chefin und Frau Handke bestand ein sehr harmonisches Miteinander.

Die junge Frau übertraf mit ihrem Können, ihrer Tüchtigkeit und ihrer Verfügbarkeit, wenn es sein musste, auch abends und an den Wochenenden, alle Erwartungen ihrer Arbeitgeberin. Ein Privatleben schien die Neue nicht zu haben. Sie widmete sich ohne Vorbehalt ihrer Anstellung.

Schon nach kurzer Zeit wusste sie über alle geschäftlichen Vorgänge Bescheid, verbesserte sinnvoll betriebswirtschaftliche Strukturen und drückte den Arbeitsabläufen durch effektive Verbesserungen ihren Stempel auf. Schließlich entlastete Frau Handke ihre Vorgesetzte in fast all deren Verpflichtungen.

Meine Chefin konnte sich getrost verstärkt um den Einkauf kümmern. Während ihrer Abwesenheit wurde sie würdig vertreten. Für die Luft, die ihr dadurch verschafft wurde, war sie sehr dankbar. Wie bei einer Tochter war sie um das Wohlergehen der jungen Frau bemüht. Sie ließ ihr Blumen auf den Schreibtisch stellen, lud sie zum Essen ein, brachte ihr Geschenke aus dem Ausland mit. Schließlich waren sie so miteinander vertraut, dass meiner Chefin sogar ein Zweitschlüssel zur Wohnung ihrer Untergebenen ausgehändigt wurde, falls einmal etwas sein sollte.

Zu der übrigen Belegschaft wahrte Frau Handke jedoch stets Abstand. Es baute sich kein vertrauensvolles Verhältnis auf. Für uns blieb sie unnahbar. Und so erfuhren wir auch nichts über ihr Privatleben. Mich hätte da so manches interessiert. Und je mehr sie sich von uns abkapselte, desto mehr wuchs meine Neugier.

So ganz alleine schien sie aber doch nicht zu sein. Manchmal betrat eine Frau, Verkäuferin bei der Konkurrenz, den Laden. Ebenfalls eine auffallende Erscheinung, aber anders als Frau Handke. Eher burschikos, sehr drahtig und sportlich. Nichts von zarter jungfräulicher Elfenhaftigkeit. Eine patente Person.

„Ist Frau Handke da?"

„Ja, soll ich sie holen?"

„Ach nein, lassen Sie nur, ich geh schon", rief sie, während sie sich beeilte nach oben zu kommen, immer zwei Stufen der Treppe auf einmal nehmend. Sie kannte den Weg. Eine halbe Stunde verbrachte sie dann gewöhnlich in unserem Haus. Zuweilen verließen sie aber auch schon nach ein paar Minuten zusammen das Geschäft. Und jedes Mal waren Frau

Handkes Wangen leicht gerötet, als schäme sie sich an uns vorbeizugehen.

„Das ist ihre Freundin", wusste Frau Konrad.

Dass Frau Handke ihre Arbeit ganz im Sinne der Chefin verrichtete, konnte ich bestätigen, als ich eines Tages zu ihr gerufen wurde.

Jetzt sah ich sie aus der Nähe, saß ihr gegenüber am Schreibtisch.

Sie hatte große dunkle Augen. Sie flackerten ein bisschen, hielten meinem Blick nicht stand. Wurde sie unsicher? War sie verlegen? Im Gegensatz dazu lagen ihre Hände ruhig auf dem Schreibtisch. Keinerlei Anzeichen von Nervosität. Eigentlich strahlte sie fachmännische Kompetenz aus, Überlegenheit.

Sie war professionell geschminkt. Ein, sogar hinter den Ohren aufgetragenes, helles Make-up verdeckte vom Haaransatz bis zum Voile-Schal um ihren Hals jede Hautunebenheit. Statt einem kräftigen Lidstrich unterstrichen kleine schwarze, akribisch aufgemalte Pünktchen die Lidränder. Darüber schimmerte ein silbrig glänzender Lidschatten hinter den langen, nach oben gewölbten Wimpern. Jede Einzelne sorgfältig getuscht. Ihre Nase war gar nicht so ebenmäßig, wie sie mir von weitem vorgekommen war. Frau Handke hatte die Seitenpartien und die groben Nasenflügel geschickt dunkel gepudert, um sie schmäler erscheinen zu lassen. Ein millimetergenau gezogener Konturenstift grenzte den aufgetragenen auberginefarbenen Lippenstift ein.

„Wir verändern die Lohnauszahlung. In Zukunft bekommen Sie keinen Scheck mehr, sondern wir überweisen Ihnen den Betrag auf Ihr Konto. Sie haben doch sicher ein Girokonto?"

„Ich nicht, aber mein Mann."

„Sind Sie verfügungsberechtigt?"

„Ja."

„Gut!" Sie griff nach einem Kugelschreiber.

„Dann brauche ich Ihre Bankdaten."

„Die weiß ich nicht auswendig, da muss ich zu Hause nachsehen."

„Denken Sie bitte morgen daran? Sonst kann ich den Bankauftrag nicht rechtzeitig erteilen. Und dann noch etwas, schauen Sie mal bitte her!" Sie griff nach einem Ordner, schlug im alphabetisierten Register beim Buchstaben B auf und legte mir eine Tabelle vor. Ab nächstem Monat tragen Sie bitte täglich hier ihre Arbeitsstunden ein."

„Auch die Zeit, die ich länger da bin?"

„Die täglich geleistete Arbeitszeit. Es kam ja schon öfter vor, dass die Chefin Ihnen für den Rest des Nachmittages frei gegeben hat, wenn nichts zu tun war. Diese Zeit können Sie natürlich nicht geltend machen. Aber dafür machen Sie manchmal auch Überstunden, außerhalb Ihrer regulären Arbeitszeit. Das tragen Sie dann selbstverständlich auch hier ein. Zum Monatsende addiere ich Ihre geleisteten Stunden und berechne danach Ihren Lohn."

Das musste ich erst einmal überdenken. Bedeutete das eine Gehaltserhöhung? Frau Handke schien Gedanken lesen zu können:
„Wenn Sie weiter so fleißig arbeiten, haben Sie mehr als vorher. Das ist doch nur gerecht, oder? Also, bis morgen", entließ sie mich.

Eigentlich war sie sehr freundlich, dachte ich, sachlich, korrekt und gar nicht hochnäsig. Ich war überrascht. Ob die Bezahlung der Überstunden ihr zu verdanken war? Welche Überzeugungsarbeit da wohl nötig gewesen sein musste, damit meine Chefin sich zu dieser Maßnahme hatte überreden lassen.

Seit Frau Handke bei uns arbeitete, war ihr Einfluss in vielerlei Hinsicht zu spüren. So sorgte sie zum Beispiel dafür, dass Warenannahme und Auszeichnung in neuen, dazu gemieteten Räumen ganz oben unter dem Dach, im 5. Stockwerk, stattfanden. Ebenso wie meine Dekorationsvorbereitungen.

Alle die gepflegte Boutique-Atmosphäre störenden Vorgänge vor den Augen der Kundschaft wurden nun diskret außerhalb der Verkaufsräume abgewickelt.

Unentwegt arbeitete sie an Verbesserungsplänen.

„Der Aufenthaltsraum unter der Treppe ist für das Personal zu eng, außerdem hat er kein Fenster. Die Frauen müssen auch mal in Ruhe eine Zigarette rauchen können, in dieser Enge erstickt man ja. Das ist hier bestenfalls eine Besenkammer", überzeugte Frau Handke die Chefin.

Mit der Gemütlichkeit des dichten Beieinanderseins war es von da an vorbei. Aber dafür stand uns eine komplett eingerichtete Küchenzeile zur Verfügung.

Für die Ganztagskräfte war das eine komfortable Möglichkeit, ihre Mittagspause nicht mehr außer Haus verbringen zu müssen. Sogar eine Liege zum Ausruhen stand bereit.

Die fünfzehn Minuten Pause, die Frau Richard und mir eingeräumt waren, erschienen uns durch die nun zu überwindende Entfernung zwischen Ruhe- und Arbeitsraum eher beschnitten. Ein Glück, dass ein Aufzug im Haus uns wenigstens das Treppensteigen ersparte.

Als Nächstes sorgte sie dafür, ihren eigenen Arbeitsbereich zu vergrößern. Bisher musste sie sich den Raum mit der Schneiderei teilen.

„Es kann nicht sein, dass ich nicht einmal ungestört ein Telefonat führen kann. Die Schneiderinnen hören jedes Wort mit. Außerdem stört es mich, wenn die Damen sich unterhalten, ganz abgesehen von dem Geratter der Nähmaschinen", beklagte sie sich.

Das Änderungsatelier wurde daraufhin auch ausquartiert.

Ebenso fand sie unmöglich, dass den ganzen Tag über musikalisches, durch die ununterbrochene Abnützung an einigen Stellen hängen bleibendes, verzerrtes, leierndes Gedudel zu ertragen war. Selbst die klassische Musik, fand sie, sei eine Zumutung und entspräche billigster Ramschbudenqualität.

Wie die Handtuchrolle auf der Toilette und die Zeitschriften des Lesezirkels waren auch die Tonbänder für teures Geld gemietet und wurden monatlich gegen andere ausgetauscht.

„Das sind unnötige Geschäftskosten. Das brauchen wir alles nicht."

Und sie schaffte es tatsächlich ohne finanzielle Einbußen vorzeitig aus den knebelnden Verträgen auszusteigen.

Mit der Zeit hatte die junge Frau, die Betriebswirtschaft studiert hatte, alle ihre Vorstellungen realisiert.

Wenn sie sich um die Kasse kümmerte, diese Arbeit hatte sie Herrn Weber abgenommen, redete sie mit uns. Ob wir zufrieden wären, ob alles in Ordnung sei. Ihre anfängliche Unnahbarkeit begann sich langsam aufzulösen. Und so wagten auch wir, wenn sich die Gelegenheit bot, sie anzusprechen. Komplimente über ihr Aussehen waren dabei das Äußerste des möglichen Herantastens, um ihr näher zu kommen. Doch kaum gingen wir so weit, errötete sie, ging sofort wieder auf Abstand und blieb weiterhin für uns voller Rätsel.

Unsere Chefin hatte keine Berührungsängste mit ihrer ‚rechten Hand'. Sie war sehr beeindruckt von diesem frischen Wind, der ihrem Laden zu Gute kam.

Frau Stern, die Freundin von Frau Handke, war jedoch besorgt.

„Das Mädchen arbeitet zuviel. Sie gönnt sich überhaupt keine Freizeit. Statt dass sie mit mir mal rauskommt, die Sonne genießen. Nein, immer hockt sie nur hier drin. Sie wird immer blasser", erzählte sie uns, nachdem es ihr wieder einmal nicht gelungen war, ihre Freundin zur Mittagspause zu überreden.

Sie war eine umgängliche, unkomplizierte, offene Frau, die keine Scheu hatte sich mit uns zu unterhalten.

Frau Stern hatte Recht. Mir war auch aufgefallen, dass Frau Handkes Haut immer weißer wurde.

„Sie arbeitet sogar am Sonntag hier", flüsterte Frau Konrad.

„Hat sie keine Familie?"

„Nein, sie lebt allein."

„Ich kümmere mich mal um sie", beschloss ich und machte mich auf den Weg.

„Aber kommen sie gleich wieder, ich brauch sie hier", rief mir Frau Konrad nach.

„Ja, ja. Ich brauche etwas für die Dekoration."

Als ich in ihr Reich eintrat, saß sie an der Schreibmaschine und tippte einen Text, der ihr ein Diktaphon vermittelte. Als sie mich sah, nahm sie die Hörstöpsel aus den Ohren und lächelte mich liebenswürdig an.

„Was gibt's Frau Brenner, was kann ich für Sie tun?"

Sie trug einen weißen Faltenrock und eine weiße Bluse. Über der Stuhllehne hing eine weiße Strickjacke, deren V-Ausschnitt mit einer Ajour-Bordüre eingefasst war und ein dazu passender Spitzenschal.

Zeit, um mich hinzusetzen hatte ich nicht. Frau Konrad wartete.

„Ich dekoriere doch nächste Woche um. Dazu brauche ich etwas Geld."

„Was haben Sie denn vor?", fragte sie interessiert.

„Oh, ich will mal was ganz anderes machen, nicht immer so was Braves. Kennen Sie Klaus Staeck?"

„Nein", antwortete Frau Handke, legte den Kopf zurück und schaute fragend zu mir hoch.

Da sah ich auf ihren Hals. Dieser schmale, grazile Hals, der im Nacken meist durch den aufwendigen Verschluss einer echten Perlenkette verziert war. Diesen wunderschönen Hals durchzog in Höhe der Kragenöffnung eine grauenvolle Narbe, die sich unter dem Kehlkopf zu einem tiefen Loch weitete.

Angeekelt über diesen Anblick deutete ich auf die Narbe und es platzte aus mir heraus:

„Oh, Gott, Frau Handke, hatten Sie einen Unfall?"

Sie blieb gelassen, kannte wohl das allgemeine Entsetzen über diese hässliche Verunstaltung. Sie griff an ihren Hals:

„Nein, ich hatte als Kind Diphtherie und drohte zu ersticken. Da haben sie mir einen Luftröhrenschnitt gemacht. Und das ist dabei herausgekommen, tja. Kann man nichts machen", erklärte sie mir grinsend. Sie hatte sich an diesen Makel längst gewöhnt.

„Aber jetzt zu Ihnen. Sie sprachen von einem Klaus Staeck."

„Ja, richtig. Klaus Staeck. Er hat sein Atelier in der Ingrimstraße. Er ist ein Künstler und macht ganz tolle Plakate. Voller Sarkasmus. Im *Drugstore* in der Kettengasse sind viele davon ausgestellt. Eins seiner Werke kennen Sie wahrscheinlich. Das hängt ja überall: „Die Reichen müssen noch reicher werden", oder kennen Sie „Zum Muttertag"? Ich habe mir gedacht, so ein bisschen Gesellschaftskritik zwischen frecher Mode spricht die Studenten an. Wenn sie stehen bleiben, weil ihnen das Schaufenster gefällt, kommen sie vielleicht auch rein, um zu kaufen."

Frau Handke, die nicht wesentlich älter war als ich, fand an meinem Gedanken Gefallen.

„Ich muss mich erst erkundigen, vielleicht leihen sie mir ja auch etwas, oder schenken mir leicht beschädigte Exemplare. Filmplakate bekam ich neulich auch schon umsonst."

„Okay, sagen Sie mir, wenn Sie Geld brauchen. Da lässt sich was machen."

Nachdem ich an diesem Nachmittag mit Frau Handke gesprochen hatte, war ich richtig zufrieden. Die Frau hatte etwas an sich, ich konnte es nicht erklären, was mir gefiel. Vielleicht war es dieses Unberechenbare. Nie hätte ich gedacht, dass sie mir jemals etwas aus ihrer Kindheit erzählen würde.

22.

Für wenig Geld ergatterte ich die Plakate. Ich dekorierte Schlaghosen, gestrickte Schlauchkleider, Mini- und Maxi-Mode, hauptsächlich in grellbunten Farben.

Und dazwischen die Plakate von Klaus Staeck. Da war ich nicht zimperlich und verwendete, was ich zur Verfügung gestellt bekommen hatte: u.a. ein Plakat mit einem darauf abgebildeten Schweinekopf in angedeuteter Verbindung zu dem bayerischen Ministerpräsidenten, ein Schriftzug einer Partei mit Hinweis auf Villen im Tessin, der Kanzlerkandidat im Zusammenhang mit den Ostverträgen. Die Politik kam bei Staeck nicht glimpflich davon.

Für mich war es Kunst, einmalig in der graphischen Gestaltung, einmalig in der beißenden Aussage. Ein Spiegelbild des wachsenden Unmuts der jungen Bevölkerung gegen altmodische Zöpfe und Demokratie gefährdende Machenschaften. Das gesamte Schaufenster war schließlich ein einziger Protest, ein Aufschrei, eine Sensation.

Meine Chefin, Frau Handke und alle meine Kolleginnen gratulierten mir zu dieser gelungenen Schaufenstergestaltung. Spürbar war die erhöhte Nachfrage, wir verkauften prächtig. Vier Tage lang.

Dann kam ein unfreiwilliger, fremdbestimmter Gesinnungswandel.

Meine Chefin unterlag sozusagen erpresserischen Drohungen, wurde weich, gab nach, widersprach nicht, beugte sich.

Das Fenster durfte so nicht bleiben.

„Wir bekamen einen Anruf von der *RNZ*. Leser beklagen sich bitter über diesen Affront in unserem Schaufenster. Wenn nicht sofort diese Diffamierungen aus der Auslage verschwinden, wird man gegen uns klagen, bzw. den Einkauf bei uns boykottieren. Auch die Zeitungsredaktion selbst war über die Plakate empört, gab ihren Lesern Recht."

War es wieder so weit? Durfte man nicht öffentlich seine Meinung sagen? Musste unbequeme Kunst weg? Wer bestimmt, was sein darf und was nicht? Ist das unsere Demokratie? Ich regte mich maßlos auf.

„Mir bleibt ja nichts anderes übrig als umzudekorieren, wenn Sie das wünschen. Aber ich finde es nicht richtig, dass Sie sich dermaßen unter Druck setzen lassen. Vor ein paar Tagen noch waren Sie selbst von dem Fenster begeistert!", reagierte ich wütend.

„Ich weiß", räumte meine Arbeitgeberin kleinlaut ein, „aber was soll ich denn machen? Protegiert wird die Zeitung von Leuten mit Geld. Das sind unsere Kunden. Mit denen muss ich mich gut stellen."

Die übrige Belegschaft fand das alles nicht so schlimm.

„Regen Sie sich doch nicht auf!", versuchte Frau Konrad mich zu beruhigen.

„Man muss sich nach der Kundschaft richten", meinte Frau Mertens dazu.

„Es gibt aber auch Kundinnen, denen das Fenster gefällt. Was ist mit denen?"

Aber mein Aufbegehren nützte nichts. Ich war hier angestellt, hatte mich nach den Anweisungen zu richten, war auf den Lohn angewiesen. Am liebsten wäre ich davon gelaufen.

23.

In einer ruhigen Minute, die Steine des Anstoßes waren entfernt, unterhielt ich mich mit Frau Handke in ihrem Büro über den Vorfall. Es stellte sich heraus, dass sie als Studentin durchaus Sympathie für ihre revoltierenden Kommilitonen empfunden hatte. Wenngleich auch etliche Male das Studieren nicht möglich war vor lauter Blockade. Ihrer Meinung nach hatte Klaus Staeck das Gedankengut der Studentenunruhen aufgegriffen und in seiner Kunst nun zum Ausdruck gebracht. Sie stimmte der inhaltlichen Aussage der Plakate zu und fand den Mut des Künstlers bemerkenswert.

„Aber, wenn ich es mir recht überlege, sollten wir uns in unserer Boutique politisch neutral verhalten. Es reicht, wenn die Mode den Zeitgeist widerspiegelt."

Sie beugte sich zu ihrer Handtasche aus weißem Nappaleder, öffnete sie, holte Zigaretten heraus, klappte den Deckel der weißen Schachtel auf und schnalzte mit den Fingern gegen den Schachtelboden, so dass sich mehrere schlanke Zigaretten unterschiedlich weit heraus schoben. Sie hielt mir die Packung entgegen.

„Rauchen wir eine?"

„Danke."

Die Zigarette, die ich mir nahm, war ungewöhnlich lang und dünn.

„Was ist denn das für eine Sorte, die kenn ich ja gar nicht?"

Frau Handke gab mir Feuer, zündete sich selbst eine Zigarette an und legte das Feuerzeug auf die Packung.

Die weiße Schachtel hatte nur unten am Rand einige blaue Wellen.

„Kim. Slimsize. Die gibt's erst seit einem Jahr. Sind schön leicht."

„Normalerweise rauche ich Lord Extra." Ich probierte.

„Ja, die sind wirklich leicht. Ist nicht so mein Fall."

Sie hatte ihren Bürodrehstuhl etwas zurückgeschoben, sich bequem angelehnt und die Beine übereinander geschlagen. Während sie genussvoll an der Zigarette zog, wippte ihr rechter Fuß auf und ab.

Ihr Schuh hatte einen zierlichen Blockabsatz und eine Spange. Ein Modell wie aus den Goldenen Zwanzigern, als man Charleston tanzte. Und wieder weißes Leder.

Mein Blick fiel auf die Handtasche, die weit geöffnet neben dem Schreibtisch auf dem Boden stand. Sah ich richtig? Gut kannte ich mich damit nicht aus, aber war das nicht eine Pistole, die dort obenauf lag?

„Entschuldigen Sie, dass ich frage, ist das da eine Waffe in Ihrer Handtasche?"

„Das ist nur eine Schreckschusspistole."

„Wozu braucht man denn so etwas?"

Da erfuhr ich, dass es ihr nicht geheuer sei, wenn sie in der Dunkelheit nach Hause ging. Nachts, wenn die Straßen fast menschenleer waren, hatte sie immer Angst, überfallen zu werden. Am schlimmsten sei dieses Gefühl im Fahrstuhl. Sie wohnte im *Menglerbau*, im siebten Stock. Lebte ganz allein in einem 30 qm großen Appartement. Kannte im Hochhaus sonst niemanden.

„Und Sie glauben, dass so ein Ding da nützt?"

„Zumindest fühle ich mich sicherer."

Noch lange nach unserem Gespräch musste ich an Frau Handke denken, jedes Mal bei Dunkelheit. Wie mochte es ihr gerade gehen? Ich sah sie vor mir, eine weiß gekleidete, aparte junge Frau, etwas sonderbar, zerbrechlich, nervös, ängstlich, mit der Waffe in der Hand, verdeckt in der Manteltasche, im Notfall zum Äußersten bereit. Wie schrecklich musste es sein, ständig in Angst zu leben. Sie tat mir Leid.

Mein Wissen über sie schien ihr peinlich zu sein. Sie vermied eine erneute Zigarettenpause mit mir, hielt wieder Abstand, scheute den Kontakt mit allen Mitarbeitern. Selbst für Ihre Freundin hatte sie keine Zeit, wies sie ständig ab.

Frau Stern ließ sich das eine Weile gefallen, hoffte darauf, dass ihre Bekannte wieder zugänglich wurde.

Aber es kam schließlich zu einer Auseinandersetzung zwischen den beiden, nach der Frau Stern verärgert den Laden verließ.

„Zur Dummen machen, lass ich mich nicht von dir! Sieh doch zu, wie du zurechtkommst. Du willst es ja nicht anders!"

Danach schien diese Freundschaft beendet zu sein.

Nur mit der Chefin unterhielt sich Frau Handke ausgiebig. Hin und wieder musste ein Lehrmädchen aus der Konditorei neben der Kaufhalle Tortenstückchen bringen und ihnen eine Kanne Kaffee dazu servieren. Meistens dann, wenn Frau Handke über Mittag durchgearbeitet hatte und den ganzen Tag über noch nichts gegessen hatte.

Die einzige, die wirklich Frau Handkes Anerkennung genoss, war ihre Arbeitgeberin. Doch manchmal kam es mir vor, als ob deren Geschäftsvorstellungen ab und zu von ihr süffisant belächelt wurden.

Uns aber gab sie deutlich zu verstehen, dass wir in ihren Augen das Fußvolk waren, die Handlanger, die Kleinverdiener, die ihr nicht das Wasser reichen konnten. Schließlich hatte sie studiert.

Wir begannen alle der Kollegin, die uns offensichtlich ignorierte, gleichermaßen zu begegnen. Warum sollten wir um ein gnädiges Wohlwollen buhlen? Über einen kurzen Gruß hinaus schenkten wir ihr zunehmend keine weitere Beachtung, beschränkten die Kommunikation nur auf unumgänglich Geschäftliches. Bisher bildeten alle Angestellten ein gut funktionierendes Team, das sich untereinander freundlich und zuvorkommend verhielt. Wenn sie sich ausgrenzte, bitte schön.

24.

War unser Verhalten ihr gegenüber richtig? Heißt es nicht, man solle Gleiches nicht mit Gleichem vergelten? Hätten wir nicht erkennen müssen, dass sie allein war, dass es Fassade war, die uns Stärke vorgaukelte? Wäre es nicht anständiger gewesen, sie trotz ihres Gebarens uns gegenüber in unseren Kreis aufzunehmen oder ihr wenigstens eine Tür aufzuhalten? Ihre Arbeit erledigte sie perfekt. Musste man daraus schließen, dass sie auch sonst unfehlbar war? Keiner ist vollkommen. Jeder Mensch hat Fehler und Schwächen. Doch Frau Handke verstand es außerordentlich gut, sie ihrer Umwelt nicht preiszugeben. Wie unglücklich, traurig und verzweifelt sie war, konnten wir nicht ahnen. Auch unsere Chefin wusste wahrscheinlich nicht, was wirklich in ihr vorging.

Frau Konrad, die morgens gleich nach den Lehrlingen das Geschäft betrat, fiel auf, dass Frau Handke noch nicht zur Arbeit erschienen war, obwohl es schon 10 Uhr war.

Das Wechselgeld, das die Betriebswirtin ihr gewöhnlich jeden Morgen übergab, lag jedoch bereits in der Kasse.

Es wurde elf, aber immer noch keine Spur von ihr. Die anderen Mitarbeiter hatten sie auch noch nicht an diesem Morgen gesehen.

Als gegen zwölf die Chefin den Laden betrat, sprach Frau Konrad ihre Freundin an:

„Sag mal, ist es in Ordnung, dass Frau Handke heute nicht da ist, hast du ihr frei gegeben?"

„Na ja, nicht direkt. Aber wir sind am Samstag nach Ladenschluss noch den Dienstplan für den nächsten Monat durchgegangen. Da ist es ziemlich spät geworden. Vielleicht kommt sie deshalb heute später. Ich gehe mal nach oben und rufe sie an."

Als Frau Richard und ich am frühen Nachmittag unseren Dienst antraten, war Frau Handke immer noch nicht da.

Sie hatte allerdings dafür gesorgt, dass wir auch ohne sie wussten, was zu tun sei. Frau Konrad erzählte uns verwundert:

„Überall im Büro kleben Zettel mit ihren Anweisungen, was in den nächsten Tagen zu tun und mit Informationen, wo was zu finden sei."

„Vielleicht musste sie verreisen?", spekulierte Frau Richard.

„Dann hätte sie aber auch aufschreiben können, dass sie wegfährt, wenn sie schon Zettelchen für uns schreibt", entgegnete Frau Konrad.

„Also, ich habe jetzt ein paar Mal versucht sie telefonisch zu erreichen. Zu Hause scheint sie nicht zu sein, sonst würde sie doch drangehen", sagte die Chefin, „hat sie sich Ihnen gegenüber vielleicht geäußert? Ihr Verhalten ist auf jeden Fall merkwürdig. Sie hat ihre Abwesenheit ja geradezu vorbereitet."

Mir kam wieder Frau Handkes Pistole in den Sinn, ihre Angst. Ist sie jetzt doch überfallen worden? Aber dieser Gedanke war ja totaler Unsinn. Nein, nein, sie wusste, dass sie nicht kommen würde. Da hatte meine Chefin völlig Recht. Wahrscheinlich war ihr das hier alles zu viel und sie hat sich einfach aus dem Staub gemacht. Aber so perfekt, wie sie war, hätte sie sicher offiziell gekündigt. Nein, das konnte es auch nicht sein. Da musste etwas anderes dahinter stecken.

„Weißt du was", wandte sich die Geschäftsinhaberin an ihre Freundin, „ich gehe jetzt mal rüber in ihre Wohnung. Vielleicht hat sie ja nur das Telefon überhört."

Sie bat Frau Mertens sie zu begleiten.

An diesem Nachmittag haben wir beide nicht mehr gesehen.

Wir kümmerten uns um unsere Arbeit. Es war wieder einmal so ein Nachmittag, an dem besonders viele Frauen Lust auf etwas Schönes zum Anziehen hatten. Als ob dieses Gefühl ansteckend wäre, man sich zum Bummeln verabredet hätte, unerklärlich, warum sich unsere Boutique immer mehr füllte.

Vielleicht stand ein Verhalten beeinflussender Wetterwechsel bevor. Wie er sich immer ankündigte, wenn man von der Friedrich-Ebert-Brücke aus im Abendrot am Horizont die Bergzüge der Haardt sehen konnte.

Als ich am Feierabend vor dem *Hansahaus* auf meine Straßenbahn wartete, sah ich zum *Menglerbau*, der direkt gegenüberliegt. Meine Augen wanderten die zehn Stockwerke hinauf, suchten dann die 7.Etage. Ein Fenster neben dem anderen, manche erleuchtet, manche dunkel. Dort oben irgendwo musste Frau Handke wohnen.

Endlich! Meine Bahn näherte sich.

Was mich wohl zu Hause wieder erwarten wird? Seit meine Tochter zur Schule ging, sah ich sie, wenn sie früh aushatte, nur kurz zum Mittagessen, dann musste ich zur Arbeit. Ob mein Mann schon da war? Die Hausaufgaben hat er bestimmt nicht kontrolliert. Ihre Leistungen in der Schule waren nicht so berühmt. Die Kinder, deren Mütter nachmittags bei den Aufgaben helfen konnten, waren im Vorteil. Wenn ich morgens arbeiten ginge, wäre ich am Nachmittag daheim, könnte mich mehr um sie kümmern. Die Klassenlehrerin hat allerdings ausdrücklich darauf hingewiesen, dass die Schüler ihre Aufgaben alleine bewältigen müssen und sich bei Fragen an sie wenden sollen. Ich werde mich daran halten.

Ich sah aus dem Fenster. Erst im Pfaffengrund, das dauert noch, bis ich zu Hause bin.

Der nächste Tag war tatsächlich regnerisch und kühler als der Montag. Im Laden wird nicht viel los sein. Da dürfen wir umbügeln. Auf Dauer machte das keinen Spaß. Wollte ich wirklich Tag für Tag, Jahr für Jahr diesen Job machen? Für die paar

Kröten? Sollte ich mich nicht besser weiterbilden und mein Leben generell verändern? Noch war ich jung und voller Energie.

Ich kürzte meinen Weg wie immer durch das Kaufhaus Horten ab. Vorbei an den Schnittblumen rechts und links vor dem Eingang, vorbei an Handtaschen und Koffern, den Ständern mit Sonderangeboten, an den Schmuck-Theken entlang, bei der Parfümerie wieder raus, durch das Gebläse an der offen stehenden Ein- und Ausgangstür.

Ich spannte den Regenschirm auf. Die Fußgängerampel leuchtete grün. Beeilung. Mitten auf der Sofienstraße schaltete sie auf Rot. Hastig überquerte ich die letzten Meter, die wartenden Autos fuhren bereits an. Noch einige Schritte auf der Hauptstraße. Ich war da. Der Laden war leer. Durch die Eingangstür sah ich die ernsten Gesichter meiner Kolleginnen. Durch kräftiges Auf- und Zuschnappen des Schirms schüttelte ich die Regentropfen ab und betrat den Modesalon.

„Guten Tag", begrüßte ich wie jeden Tag Herrn Weber und das übrige Personal. Normalerweise wäre ich quer durch den Laden zur Hintertür geeilt, mit dem Aufzug zum Aufenthaltsraum hoch gefahren, hätte den Schirm zum Trocknen aufgespannt, meinen Mantel an die Garderobe gehängt, wäre vorsichtshalber noch einmal auf die Toilette gegangen, hätte Make-up und Frisur überprüft und mir die bei Regenwetter oft verspritzten Waden mit nassen Tempotaschentüchern abgewischt. Vielleicht hätte ich auch noch eine Zigarette geraucht, bevor ich meine Handtasche neben die anderen im Regal abgestellt, mit dem Aufzug wieder heruntergefahren wäre, um pünktlich am Arbeitsplatz zur Stelle zu sein.

Doch Herr Weber trat mir in den Weg. Er, der einem sonst immer ein charmantes Lächeln schenkte, war diesmal sehr ernst:

„Es ist etwas Schlimmes passiert."

Ich stellte vorsichtshalber den tropfenden Schirm in den dafür vorgesehenen Ständer neben der Eingangstür und sah ihn fragend an.

„Frau Handke lebt nicht mehr."

„Waaas?"

Gerade noch am Samstag lief sie hier an mir vorbei. Ich hatte ihr weißes Trägerkleid insgeheim bewundert, mit diesen schrägen Pattentaschen unterhalb der Taille. Darunter trug sie einen eng anliegenden weißen Rollkragenpullover und die schwarzen Locken wippten am Hinterkopf. Die weißen Spitzenstrümpfe an ihren Beinen gefielen mir dazu überhaupt nicht.

Meine Kolleginnen versammelten sich um uns.

„Frau Mertens, Sie waren doch gestern dabei, Frau Brenner weiß ja noch gar nichts."

Herr Weber verließ das Geschäft, als wolle er sich dieser trostlosen Atmosphäre entziehen. Frau Mertens erzählte mir, was passiert war:

„Viel ist es eigentlich nicht, was ich sagen kann", begann sie fast entschuldigend. „Sie wissen ja, dass ich gestern mit der Chefin mitgehen sollte. So ein

Hochhaus ist schlimm, eine Tür wie die andere. Bis wir erst mal Frau Handkes Wohnung gefunden hatten! Obwohl die Chefin sie schon einmal besucht hatte. Na ja, schließlich standen wir vor dem Appartement und klingelten. Es machte niemand auf. Aber es musste jemand da sein. Durch die Tür hörten wir Musik. Ziemlich laut, von den Beatles, *Hey Jude*. Wir klingelten noch einmal. Nichts. Nur die Beatles, *na, na, na, na, hey Jude*. Die Chefin hat an die Tür geklopft, laut gerufen. Keine Reaktion. Innen ging das Lied wieder von vorne los, *hey Jude, don't be afraid*. Sie kennen ja den Song. Schließlich hat die Chefin mit dem Zweitschlüssel die Wohnung aufgeschlossen. Da steht man gleich direkt im Zimmer. Das ist ja nur ein Raum mit einer kleinen Nische zum Kochen und einem winzigen Bad ohne Fenster. Da kommt man sich vor wie in einem Käfig. Wir sahen sie sofort. Sie lag auf dem Bett. Ganz friedlich. Auf dem Rücken, die Hände auf dem Bauch übereinander gelegt. Geschminkt und schön angezogen. Zuerst dachten wir, sie schläft. Und die Beatles sangen immer weiter, *take a sad song and make it better*. „Frau Handke, wachen Sie auf!", hat die Chefin gerufen. Aber sie hat sich nicht gerührt. Da wollte die Chefin sie wachrütteln, aber sie regte sich nicht, war eiskalt. Sie war tot. Sie können sich vorstellen, wie wir erschrocken sind."

„Ja und wie ist sie umgekommen? Man stirbt doch nicht einfach so?"

„Das war uns zuerst auch nicht gleich klar. Sie schien völlig unverletzt. Wir haben sie aber nicht mehr berührt, sondern sofort die Polizei verständigt. Die Wohnung war total aufgeräumt, kein schmutziges Geschirr, kein leeres Glas. Wir haben nichts angelangt. Wir getrauten uns nicht einmal die Musik auszumachen. Sie war auf Durchlauf gestellt. Ich glaube, diese Melodie werde ich nie mehr vergessen. Die Beamten haben im Mülleimer die Verpackung von Schlaftabletten gefunden. Sie muss genau gewusst haben, wie viel man einnehmen muss, dass man einschläft ohne sich übergeben zu müssen, hat die Polizei gesagt. Es ist wohl Sonntagnacht passiert."

„Aber warum? Warum hat sie sich das Leben genommen? Hat sie irgendetwas hinterlassen? Einen Brief? Eine Nachricht?"

„Warum sie das gemacht hat, wissen wir nicht. Einen Abschiedsbrief haben wir nicht gefunden."

„Mein Gott! Muss sie verzweifelt gewesen sein."

„Aber sie hat genau gewusst, was sie tat. Auf dem Couchtisch lag ein Ordner mit all ihren Unterlagen. Auf einem Blatt hat sie exakt aufgelistet, was alles nach ihrem Tod zu veranlassen sei. Sogar den Wortlaut der Todesanzeige in der Zeitung hat sie formuliert. Die Chefin ist total geschockt. Sie konnte das alles überhaupt nicht begreifen. Immer wieder jammerte sie: „Warum hat sie mir denn nichts gesagt? Ich hätte ihr doch geholfen." Das erste Mal, dass ich sie weinen sah. Ich glaube, Frau Handke war wie eine Tochter für sie. Diesen Tod wird sie so schnell nicht verkraften."

Meine Chefin setzte sich aufopfernd ein, fühlte sich verantwortlich. Vielleicht bekämpfte sie damit dieses Ohnmachtsgefühl, dem man hilflos ausgesetzt ist, wenn man einen geschätzten Menschen unwiederbringlich verliert. Vielleicht war es auch der Versuch, Versäumtes wieder gut zu machen, Selbstvorwürfen keinen Raum zu geben, sein Gewissen zu beruhigen. Sie verständigte die Verwandten, war ihnen bei der Überführung der Leiche und der Haushaltsauflösung behilflich und fuhr zum letzten Geleit nach Ulm.

Nach dieser Tragödie dauerte es eine geraume Zeit, bis unsere Chefin wieder ihr Gleichgewicht gefunden hatte.

Herr Weber deutete an, wie sehr seine Lebensgefährtin unter dem Verlust litt.

Nach einem Monat der Trauer ging sie wieder in der Boutique ihren Aufgaben nach. Uns gegenüber schien sie sensibler als jemals zuvor zu sein, als wolle sie nicht noch einmal miterleben müssen, dass vor ihren Augen jemand scheitert.

Deshalb stieß ich auch auf ihr Verständnis, als ich ihr eines Tages anvertraute, ich wolle mich beruflich verändern.

„Auf Dauer ist das hier nichts für Sie, das habe ich schon immer gewusst. Sie können mehr erreichen, Kindchen", stimmte sie meinem Vorhaben zu einer Weiterbildung mitfühlend zu.

Um mir zu helfen, durfte ich jeden Abend noch vor Ladenschluss die Arbeit niederlegen, um rechtzeitig zum Unterricht in einer Abendschule zur Stelle zu sein.

„Wenn Sie aber dann studieren, werde ich Sie nicht mehr bei mir beschäftigen. Da müssen Sie sich voll auf das Studium konzentrieren, damit etwas dabei herauskommt", kündigte sie mir an.

Was sollte sie als Geschäftsfrau auch mit einer Verkäuferin, die vor lauter Vorlesungen, Übungen und Seminaren nicht einmal mehr halbtags zur Verfügung stehen würde.

Von meinem Mann erhielt ich keinerlei Unterstützung.

„Mach, was du willst", war sein Kommentar.

Er hielt meine Anstrengungen für unsinnig. Fast konnte man meinen, dass er sie sogar zu verhindern suchte.

Aber je mehr Widerstand mir entgegen wuchs, desto mehr entwickelte sich in mir der Wille zur Durchsetzung meiner Pläne.

Nachwort

Die Zeit, in der ich halbtags im Verkauf gearbeitet habe, liegt nun fünfundvierzig Jahre zurück. Im Nachhinein kann ich sagen, dass ich damals gerne Verkäuferin war.

Die Geschäfte, in denen ich wirkte, waren sehr geschätzt und bestimmten noch jahrzehntelang die Qualität des Einzelhandels in Heidelberg.

Heute gibt es sie nicht mehr. Inzwischen hat sich die Heidelberger Hauptstraße verändert. Billigläden und Filialen großer Handelsketten, die weltweit produzieren und verkaufen, uniformieren Warenangebot und Straßenbild.

Nur ganz wenige, alt eingesessene Geschäftsinhaber kämpfen nach bewährtem Muster mit großem, persönlichem Einsatz und Unterstützung ihres engagierten Personals verzweifelt ums Überleben.

Junge, hoffnungsvolle Kaufleute versuchen immer wieder neue individuelle Nischen zu schaffen, scheitern aber, bis auf ganz wenige Ausnahmen, meist schon nach kurzer Zeit an der Unbezahlbarkeit der überteuerten Ladenmieten und der Übermacht der finanzkräftigen Konkurrenz. Bestenfalls können sie sich in den Seitenstraßen der Fußgängerzone über Wasser halten.

Meine früheren Kolleginnen habe ich aus den Augen verloren. Sie waren damals dank steigender Konjunktur noch Nutznießer verbesserter Arbeitsbedingungen und höherer Löhne.

Gegenwärtig ist zu beobachten, dass die über Jahrzehnte mühsam errungenen sozialen Verbesserungen für die Arbeitnehmer inzwischen wieder abgebaut werden. Die vom Gesetzgeber unzureichend entwickelten Hilfsstrategien auf dem Arbeitsmarkt werden sich von Großunternehmern geschickt zu Nutze gemacht und im Ergebnis ins Gegenteil verkehrt.

In den letzten Jahren sind unzählige Verkäuferinnen im Einzelhandel wegrationalisiert worden oder werden gnadenlos ausgebeutet.

Rücksicht auf ihre persönlichen Belange wird nach wie vor in den meisten Betrieben nicht genommen.

Noch immer vollbringt eine Frau, besonders als Mutter, und heute vermehrt als Alleinerziehende, einen unvorstellbaren Spagat zwischen Berufstätigkeit und Hausfrauendasein, um die Doppelbelastung zu bewältigen und alle zufrieden zu stellen.

Würgerspeise und Lackschuhe

von Marion Schwarz

192 Seiten, Euro 12,80

Lachen und Weinen liegen nah beieinander in dieser Kindheit von 1945 - 1958 in Heidelberg.

Marion Schwarz lässt in ihrer autobiografischen Erzählung die Zeit der Adenauer-Ära, des Wirtschaftswunders und einer, zumal aus der Sicht eines Kindes, oft muffigen und skurrilen Erwachsenenwelt aufleben.
Im Zentrum stehen ihre Familie, ihre Freunde und immer wieder Heidelberg mit seinen unterschiedlichsten Schauplätzen, die sich längst verändert haben oder unwiederbringlich verloren gingen.
Marion Schwarz gelingt ein einzigartiges, humorvolles, mit einem Schuss Selbstironie und leiser Wehmut, erzähltes Zeitdokument.

ISBN: 978-3-939540-41-0

Oh Baby –
Halbstark in Heidelberg

von Marion Schwarz
192 Seiten, Euro 12,95

„Halbstarke" nannte man die Jugendlichen, die von Mitte
der Fünfziger- bis Anfang der Sechzigerjahre amerikani-
schen Vorbildern nacheifernd ihr Hauptaugenmerk auf
Mädchen, Zigaretten, Alkohol und Rock'n'Roll lenkten.
In Gruppen präsentierten sie sich in einer aufreizenden
Lässigkeit, aber auch lautstark und gewaltbereit in der
Öffentlichkeit.
Hautnah erlebte Marion Schwarz als junges Mädchen diese
„Halbstarkenzeit". Eindrücke, Beobachtungen und Erleb-
nisse ihrer eigenen Jugend aufgreifend erzählt sie in ihrem
Roman vom Schicksal einer Gruppe von Halbstarken der
Heidelberger Weststadt.

ISBN:978-3-95428-107-7